文春文庫

鎌倉署・小笠原亜澄の事件簿

由比ヶ浜協奏曲

鳴神響一

文藝春秋

目次

鎌倉署・小笠原亜澄の事件簿

由比ヶ浜協奏曲

プロローグ

今夜の由比ヶ浜はずいぶん波が荒い。
闇のなかに白い波頭が砕け散っている。
激しい鼓動はようやく収まり始めている。
これは罪なのか。
いや、罪ではないはずだ。
このままでは、わたしの運命はあの男によって大きく歪《ゆが》められる。
なぜ、わたしがそんな目に遭わなければならないのだ。
墜ちてゆくおのれの姿に堪えることなどできない。
これは神の導きによるものなのだ。
わたしはなすべき事をなしたに過ぎない。
むろん、すべてがあらわになれば身の破滅だ。
だが、そんなことは起きない。

わたしは大きな運に恵まれているはずだ。
自分の運を信じるべきだ。
いまならまだ引き返すことができる。
引き返すべきか。
だが、引き返せばわたしは……。
なにも考えてはいけない。
すべては大いなる運命に導かれていることなのだ。
夜の帳《とばり》に包まれた海に波頭はいよいよ白く際立つ。
この闇だけがすべてを知っている。
賽《さい》は投げられたのだ。

第一章　かまくら夕凪コンサート

1

七月下旬の土曜日。由比ヶ浜に夕闇が迫るのにはまだしばらく掛かるような時間だった。

鎌倉海濱《かいひん》芸術ホールには、観客の衣擦れや呼吸の音がさざ波のように響いていた。

ステージにはオーケストラのメンバーが、男性は白いタキシード、女性は白いブラウス姿で着席していた。

上手袖から里見《さとみ》義尚《よしひさ》が楽団員と同じようなタキシード姿でゆったりと現れた。

客席全体に熱い拍手が沸きおこった。

指揮台まで進むと、里見はやわらかい笑みを浮かべ客席に向かって深々とお辞儀をした。

拍手が収まった。銀色に光る髪を持つ里見の細面《ほそおもて》は静かに澄んでいた。

客席最前列に座る高梨秀夫《たかなしひでお》は、曲が始まる直前の指揮者や演奏家の表情の変化が好きだった。

里見の表情は、彼が別の世界へと飛び立っている姿のように感じた。

オーケストラが座るほうへ向き直った里見は、数秒間うつむきがちの姿勢で立っていた。

音楽の神ミューズに祈りを捧げる姿のように高梨には思えた。

やがて里見は両腕をゆるやかに開いて指揮棒をゆっくりと振り始めた。

豊かな弦楽器の響きがホールいっぱいにひろがる。

里見が四本のフレンチホルンに向かって指揮棒を振ると、ホルンがまるで物語の第一章が始まることを宣言するかのように鳴り響き木管が追随してゆく。

ティンパニが響き渡るなか、コントラバスに続けてすべての弦楽器と管楽器が会場に大きな波のような華やかな盛り上がりを生み出した。

ホルンが高らかに第一楽章の第一主題の旋律を提示した。

やがて里見がオーボエとフルートに向けて身体を傾けた。

ふたりの奏者が黒人霊歌風と言われる第一楽章の第二主題をやさしく奏で始める。

はるばるとひろがるアメリカ大陸の平原がシャンパンゴールドに染まっていた。あちこちの村々から白い炊煙が立ち上っている。

脳内に浮かび上がるそんな幻想が高梨には無性に楽しかった。

（見事だ……実に見事だ）

まだ、第一楽章が始まったばかりだが、高梨秀夫はこころの底から感銘を受けていた。

ドヴォルザークの交響曲第九番『新世界より』は、里見義尚のリリカルなのに知的な指揮で、新しいのになつかしい世界、冷静なる恍惚を描く物語として蘇った。

第二楽章のかの有名なイングリッシュホルンによる主題は、高梨の胸にセンチメンタルな感情を呼び起こした。

日本人にもなじみ深いこの旋律は、ドヴォルザークの死後に『家路』として歌詞入りで編曲され世界中にひろまった。

少年時代を草深い田舎で過ごした高梨も、低い山々に響く『家路』の「遠き山に日は落ちて」のメロディで外遊びをやめて家に駆けていったものである。

今夜の《かまくら夕凪コンサート》と題された演奏会は、世界的な指揮者である里見義尚が率いる新日本管弦楽団の夏季定期演奏会だった。里見は新日本管弦楽団の常任指揮者を務めている。

高梨は神奈川県警の鎌倉警察署長の職にある。市内のさまざまなイベントに招待されることも多い。

だが、今夜のコンサートは完全にプライベートだった。制服を着る必要もないので、薄手の紺ジャケットにチノパンという気楽な格好で来ていた。

チケットを予約するときに、かたちばかり妻も誘ったが、いつものように娘と横浜に買い物に出かけてしまった。

こんな素晴らしい演奏を楽しめないとはかわいそうだが、三五年前に結婚してから妻はずっとそんな女だった。

だいたい妻には音楽芸術というものがわからないのだ。

第三楽章のコーダが力強い響きとともに終わった。

里見が四〇代半ばのコンサートマスターに向けてかるくあごを引いた。

弦楽器の不穏な響きから始まった第四楽章は弦楽器全体が盛り上がりを見せると、トランペットとホルンによってなじみ深い第一主題が高らかに歌い上げられる。

オーケストラ全体が激しい経過部を奏でてやがて徐々に抑えめの演奏へと移る。

高梨はワクワクしながらシンバルへと視線を向けた。

四十数分のこの曲で、ただ一度だけシンバルが鳴る場面だ。

クラシックファンなら誰もがシンバル奏者に注目しているはずだ。

オーケストラ最後列に立つ三〇代なかばのシンバル奏者も、緊張した表情で左右の手にコンサートシンバルを構えている。

シンバルはひじょうに難しい楽器で、打楽器奏者のなかでもティンパニと並んで、とくに優秀な音楽家が担当することが多い。

弦楽器群がピアニッシモに向かい、木管楽器がかすかに鳴っている。

高梨は自分ののどが立てる音を抑えられなかった。

シンバル奏者は胸の前で左右のシンバルをすり合わせるように打った。

次の瞬間。

しゃいいいーんという小波《さざなみ》にも似たやわらかな音が響いた。

思わず拍手したくなるような素晴らしい一打だった。

木管楽器からクラリネットの音色が立ち上がった。

オーケストラはこれから第二主題へと向かうのだ。

そのときだった。

舞台の床に硬いものがぶつかる音が響いた。

「ぎゃおっ」

ほぼ同時に指揮台近くで悲鳴が聞こえた。

立て続けに人が倒れる音と楽器が床に当たって不規則に弦の鳴る音が聞こえた。

クラリネットの音を少しだけ残して演奏がとつぜん途絶えた。

高梨は心臓が止まるほど驚いた。

視線を向けると男性ヴァイオリニストが倒れている。

倒れた男は第一ヴァイオリンの最前席……コンサートマスターだ。

「きゃあっ」

第一ヴァイオリンの若い女性が叫んだ。

「なんだっ」

「どうしたのっ」

まわりの演奏者たちがいっせいに立ち上がった。

なにが起こったのかはっきりしない。

だが、コンサートマスターは重傷を負っていると感じられた。

いやしくも警察官である自分が手をこまねいているわけにはいかない。

いち早く被害者の救助に参加すべきだ。

最前列だったのが幸いだった。

高梨は立ち上がり、舞台左袖に設置してあるステップに向かった。

「立ち上がらないでください」

いきなり現れた水色のポロシャツを着たスタッフらしい若い男が厳しい声で制止した。

「警察です。神奈川県警っ」

高梨はジャケットのポケットから警察手帳を取り出して提示しながらステップを駆け上がった。

倒れたコンサートマスターのまわりに何人かの演奏者が立ち尽くしていた。

指揮者の里見は指揮台を降りた場所でぼう然と立っていた。

「警察です。どうしました」

高梨が歩み寄ると演奏者たちは道を開けた。

コンサートマスターはうつ伏せになって目を剝き全身をけいれんさせている。

まわりには血が飛び散っていた。

左袖から黒いポロシャツ姿の男が飛び出してきた。

「三浦《みうら》さんっ」

叫びながら走ってきた男はコンサートマスターのそばにしゃがみ込んだ。

「ああっ」

男は悲痛な声をあげた。

「警察です。大丈夫ですか」

「大変だ……。頭が……」

高梨を見て、男はかすれた声で言った。

「これは……いったい……」

高梨は絶句した。

後頭部に大きな裂傷がある。

コンサートマスターの全身けいれんは止まらず、裂傷からは血がじわじわとしみ出していた。

警察官として重傷者を見た経験は何度もあるが、まさかコンサート会場でこんなことが起こるとは予想もしなかった。

「相木《あいき》さん、なにがあったんですか」

さっき高梨を制止した水色のポロシャツのスタッフがそばに立っていた。

「救急車呼んで！」

黒いポロシャツ姿の相木と呼ばれた男に言われて、若いスタッフは青い顔でスマホを手にした。

「あ、救急車、お願いします」

スタッフと一一九番のやりとりが始まった。

高梨はいまさらながらにスマホを取り出した。

一一九番から警察に連絡はいくが、県警本部に直接一報を入れてわかる範囲で正確な情報を伝えたほうがいい。

「はい、一一〇番。事故ですか、事件ですか」

電話に出た通信指令室の担当者に、新日本管弦楽団の演奏者がステージ上で重傷を負ったこと、事件である可能性が高いことを伝えて自分の身分と姓名を名乗った。

すぐに刑事部機動捜査隊か鎌倉署地域課のパトカーが駆けつけるはずだ。

楽団のメンバーは遠巻きにこわごわ被害者を見ている。

シンバル奏者など近づいて来る者もいたが、どうしていいかわからないらしくただウロウロしていた。

被害者は苦しそうにもがきだして、すぐに動かなくなった。

まずい状態だ。

救急車のサイレンの音が近づいてきた。消防本部は五〇〇メートルほどの近距離だ。

青いストレッチャーを引いた三人の救急隊員が現れた。

救急隊員は被害者の身体を固定すると、ていねいに仰向けにした。

続けて脈拍や血圧などを計測したり、瞳孔を観察したりという作業を続けている。

AEDを使っていないということは心臓は停止していないのだろうか。

隊員たちは所定の救護措置をして、コンサートマスターをストレッチャーに乗せた。

被害者のそばにいた黒いポロシャツの男に事情を訊いている。

「いや、わたしはコンサートの裏方の責任者なので、付き添いはできません。誰か三浦さんに付き添ってくれないか」

男は楽団員のほうに向かって声を張り上げた。

「わたしが付き添います」

楽団員の若い女性が名乗り出た。

救急隊員はストレッチャーを引いて舞台の下手に消えていった。

女性演奏家はストレッチャーの横で「三浦さん、頑張って」と声をかけ続けていた。

「これは……」

救急隊員たちが去ったところで、高梨はハッと気づいた。

被害者から舞台の端側数メートルくらいのところに、野球ボールくらいの黒い鉄球にハンドルがついたような物体が転がっている。

この鉄球が被害者の頭上に落下したようだ。

天井を見上げるとずらりと並んだ照明がまぶしく輝いている。

「皆さん、これに触らないで！」

高梨はとっさに鉄球の上に自分のハンカチを掛けた。指紋が残存している可能性もある。

「相木くん、今日はもう無理だ。お客さんに帰ってもらうように」

指揮台のところで里見が相木に指示した。

かなり大きな声だったので楽団員はいっせいに里見を見た。

「わかりました。里見先生」

相木は里見に答えてから高梨に向き直って訊いた。

「刑事さん、オケのメンバーは退出してもよろしいでしょうか」

一瞬、自分のこととはわからなかったが、私服なので刑事と勘違いしているのだろう。

「ステージからは退出してかまいませんが、館内に留まってください」

「全員、楽屋に待機させます」

「全員の氏名や住所はわかりますね」

「もちろんです。名簿がありますから」

「では、後でうちの係の者に名簿を提出してもらいます」

「わかりました」

相木は楽団員に向き直って声を張り上げた。

「オケの皆さん、上手袖からハケて楽屋に戻ってください。とりあえず楽器はそのままで。わたしが見ていますので。次の指示があるまで楽屋での待機をお願いします」

相木が上手退出を指示したのは、床にも血が飛び散っている現場を避けようとしてのことだろう。

楽団員たちはものも言わずにゾロゾロと上手へ向かって歩き出した。

里見も楽団員と一緒に上手へと去った。

「お客さんはどうしますか」

「申し訳ないが、全員の氏名と連絡先を警察が確認してから帰って頂くかたちになります」

「承知しました。係の者に指示します」

相木はうなずくと、腰に挟んでいたヘッドセットを着けてマイクに向かって指示を出した。

「相木だけど、警察からの要請なんだけど、お客さんには席に座ったままで待つように館内放送入れて」

──本日のコンサートでは楽団員が負傷するという予想外の事態が発生し、お客さまにご迷惑をおかけ致しましたことをお詫び申しあげます。警察の要請でお客さまにはいましばらくお席にお着きになってお待ち頂きますようお願い申しあげます。

すぐに客席のスピーカーから澄んだ女性の声でアナウンスが入り、繰り返された。

観客にはざわめきがひろがったが、文句を言うような者も席を立とうとする者もいなかった。

その後まもなく地域課員と機動捜査隊員が駆けつけたので、高梨はひととおりの事情を説明した。

さらに地域課の第二係長が青い顔をして飛んできたので、客の氏名チェックなどの采配を下命して高梨は鎌倉署に戻ることにした。

本事案が事件である疑いはつよい。いまの時点で副署長や刑事課長などと相談して署員に適当な指示を出す必要がある。また、相模方面本部の管理官にも連絡しなければならない。

数時間後、高梨が署長室で刑事課長と話していると、被害者の三浦は鎌倉署の霊安室に運ばれたという報告が入ってきた。

その後の実況見分で会場の天井から吊された照明器具には超小型ロボットアームが仕込まれていたことが判明した。

これにより、コンサートマスター三浦の死は、何者かによる故意の殺人であることがはっきりした。

県警本部の黒田《くろだ》刑事部長は特別捜査本部を鎌倉署に設置することを決め、高梨は副本部長として参加することを指示された。

自分にはどうしようもできなかったことだが、愛するコンサートを担っていたコンサートマスター三浦の死は高梨に大きな悔しさを与えた。

クルマも通らなくなった深夜の若宮大路を署長室の窓から眺めながら、高梨は暗たんたる思いに包まれていた。

2

日曜日の午後八時過ぎ、県警捜査一課の吉川元哉《きつかわもとや》巡査長は、鎌倉警察署最上階の講堂で開かれている捜査会議に出席していた。

第二回捜査会議とあって、捜査本部長の黒田刑事部長と捜査主任の福島《ふくしま》捜査一課長は出席していなかった。ふたりとも多忙なのだ。

今回の捜査本部には捜査一課からは福島一課長のほかに管理官と強行六係の全員が投入され、鎌倉署は刑事課を中心に一四名、さらに管轄区域が隣接する江の島署、大船署、藤沢署から八名ずつが投入され六〇名態勢が組まれていた。

講堂前のスクリーンに黒いボール状のものの上部に手で握れるようなハンドルがついているものが映された。

昨日、ここで見るまでは元哉も知らなかった製品だった。

「昨日の捜査会議で説明したとおり、凶器は野球ボール大の鉄球にハンドルが付されたケトルベルというトレーニング用品だった。あまりなじみがないが、鉄アレイの球の部分を一個だけ切り取ってハンドルをつけたようなものだ。《フイット・ピース》という中小メーカー製でホームセンターやスポーツ用品店で五〇〇〇円程度で購入できる。重量はおよそ五・三キログラムある。このケトルベルが一一メートルの高さにある照明器具から落下し、被害者のヴァイオリン奏者三浦倫人《みちと》さんの後頭部に激突した。このために三浦さんは頭蓋骨陥没骨折をして脳挫滅により昨夜午後七時二七分に死亡した。一一〇番通報により鎌倉署地域課員と刑事部機動捜査隊小田原分駐所の隊員が駆けつけたが、会場である鎌倉海濱芸術ホールには犯人らしき人間は発見できなかった」

捜査を仕切っているのは捜査一課管理官の二階堂《にかいどう》行夫《ゆきお》警視だった。

「昨日も言ったとおり、通報者はこのわたしだ。わたしは観客として現場にいた。事件発生時は新日本管弦楽団の公演中で交響曲を演奏している最中だった。わたしが見ている範囲では不審な行動をする人物は確認できなかった。今回の犯行は時差を持たせたものと思量できる」

高梨署長が厳しい声で言った。

「署長のおっしゃった通り、何者かが事前に落下装置を照明器具に仕込んだ。犯行時はそのスイッチを入れたものと思量できる。で、問題は犯行時に犯人がどこにいてスイッチを入れたかだ。この点について、昨日の時点ではある周波数を感知して自動的にスイッチが入る方式の落下装置という疑いもあった」

講堂内がざわついた。

元哉と同じく、捜査員たちは二階堂管理官の言葉の意味がわからないらしい。

「わたしから説明しよう。事件発生時にはドヴォルザークの交響曲第九番『新世界より』の第四楽章に入ってすぐの部分を演奏中だった。この曲は四十数分の曲だが、シンバルを使うのはただ一箇所しかない。ケトルベルが落下してコンサートマスターの三浦さんを襲ったのは、このシンバルが鳴った直後だった。ほかの楽器がピアニッシモなのでシンバルの音はわりあいよく響く。この音に反応して凶器落下装置が作動したと考えることもできたのだ」

捜査員たちはきょとんとしている。

「周波数感知式落下装置との疑いを捨てきれなかったので、今朝、シンバル奏者の由良《ゆら》貞人《さだと》さんに任意同行を求めて事情聴取を行った」

二階堂管理官は渋い顔つきで言葉を切った。

「映画の見過ぎじゃないの」

後方から若い女性のつぶやきが聞こえた。

振り返ると、小笠原《おがさわら》亜澄《あすみ》が皮肉っぽい笑みを浮かべていた。

亜澄は鎌倉署刑事課強行犯係の巡査部長だが、元哉は苦手な相手だ。

だが、どういうものか捜査本部ではよく組まされる。

「誰だ、くだらんことを言っているのは」

聞きとがめた二階堂管理官は地獄耳のようだ。

「あ、すみません、ひとり言です」

亜澄はさっと頭を下げた。

二階堂管理官は亜澄をにらみつけて大きく咳払いをした。

そう言えば、シンバルの音に反応して起爆装置が作動する爆弾が登場する日本映画があったなと元哉も思った。たしかにちょっと荒唐無稽な気がする。それに、そんな装置をシンバル奏者自身が使うというのは、自分が犯人だと名乗っているようなものではないだろうか。

それにしても高梨署長がクラシックファンとは意外だった。周波数感知式の落下装置などと言い出したのは署長なのかもしれない。

署長は刑事とは縁がなく、警務畑出身と聞いている。警務課は警察内での事務担当部門で、会社で言えば人事総務課に近い。もっとも人事総務課的な仕事をする警務係のほかに住民相談係を置いている所轄がほとんどだ。いずれにしても刑事課とは違って出世コースに乗りやすいポジションだ。

スクリーンに黒く塗られた機械が映し出された。

マンションなどの工事現場で働くクレーンをちいさくしたような機械だ。

「鑑識の分析の結果、凶器落下装置は市販の超小型ロボットアームだった。大手教育機器メーカー《学備》の製品だが、実際に作っているのは小型IT機器製造メーカーの《ヤスノテック》だ。ただし、当該製品は実験・研究用として製造されたもので、おもに中学校や高等学校の教材などに使われるそうだ。通信販売で購入することは容易だ。言い方は悪いが、価格は一〇万円程度でオモチャに毛の生えたようなものだ。それでも、この製品はBluetoothによる遠隔操作に対応している。実験用とはいえアームにケトルベルを挟んでおけばワンタッチで落下させることができる。ハンドルをつかんでいる指のような部品が開閉する機構を使うだけだからだ。操作はスマホから行うことも可能で、犯行はリアルタイムに行われたものと思量できる」

気難しげな顔で二階堂管理官は説明を続けた。

「今日は捜査一課は実況見分を挙行し、落下装置の実験も行った。結果としてBluetoothの電波が届くのは舞台と舞台袖、客席前方の半分ほどの狭い範囲だけであることがわかった。たとえば楽屋やロビーからでは操作できない。従って犯人は演奏者かホールスタッフ、さらに観客に限られるといえる。同ホールのキャパは最大で一八〇〇名あるが、事件当日は設備の関係で一六五〇名となっていた。当日はほぼ満席だったので、観客だけでも電波の届く会場前方に座っていた八〇〇名以上が対象者となる」

二階堂管理官の言葉に捜査員たちからため息が漏れた。

六〇人態勢の捜査本部では、居住地域も広範囲にわたる観客全員に聞き込みにまわるのは容易なことではない。

「幸いにも事件当時、現場に高梨署長がおられたので、署長の指揮で鎌倉署地域課員などによって観客名簿は七割方作成することができた。また、演奏者とスタッフの名簿はホール側が提出してくれた」

元哉は捜査本部でこの名簿の作成・確認作業に従事させられた。確認はめんどうな作業だった。高梨署長の音頭取りによって会場を退出する観客が申告した番号に電話して実在を確認し、住所や職業などを聞き出すのだ。所轄と合わせて八人で担当したが丸一日がかりだった。それでもまだ連絡のついていない観客はたくさん残っている。

「また所轄鎌倉署員を中心に地取り捜査を行っている。いまのところ大きな内容は報告されていないが、ささいなことでも犯人につながるような情報を得た者はいないか」

講堂内を見まわして二階堂管理官は訊いた。

だが、しばらく待っても発言する者も挙手する者もいなかった。

「なにも収穫なしか……」

二階堂管理官は力なく言った。

「現場の鎌倉海濱芸術ホール付近は国道一三四号や公園、空き地などがひろがっているから目撃者を見つけるのは困難だとは思う。鑑取《かんど》りが重要になるな」

スクリーンにひとりの男の写真が映し出された。

ステージ衣装と思しきタキシードに蝶ネクタイ姿で、楽団のメンバー紹介写真と思われる。

少し丸顔でどんぐり眼の人のよさそうな男である。

髪は短く誠実そうな雰囲気を感ずる。口もとにはやさしげな笑みが漂っている。

「昨日の繰り返しになるが、被害者は鎌倉市扇《おうぎ》ガ谷《やつ》在住の三浦倫人さん、四八歳。独身。鎌倉市に根拠地を置く新日本管弦楽団に所属するヴァイオリン奏者だ。楽団員やその周辺部を中心に三浦さんを殺す動機のあるような者を洗い出さなければならない。今日までにわかった内容を元に班編成を行う」

月曜日からは演奏者とホール関係者への聞き込みを行うA班と、観客への聞き込みを行うB班、現場付近の防犯カメラや駐車車両のドライブレコーダー映像を収集してチェックするC班、さらにケトルベルとロボットアームの出処を突き止めるD班に分けられることになった。

捜査員たちは講堂の後ろに集まった。捜査一課主任の正木《まさき》時夫《ときお》警部補と鎌倉署強行犯係長の吉田《よしだ》康隆《やすたか》警部補をリーダーとして班分けが行われた。正木主任は元哉の、吉田係長は亜澄の直属の上司である。

「今回もよろしくね」

ライトグレーのサマースーツ姿で亜澄は明るく笑った。

「また、おまえかよ」

つい嘆き声が出た。

元哉が組むことになったのは残念ながら亜澄だった。

一見すると亜澄はかわいらしい。ちまっとした顔立ちに不釣り合いに大きな瞳。二八という年齢よりもずっと若く見える。

だが、外見のかわいさに騙されてはいけない。亜澄は生意気この上ない女だ。

頭脳明晰なところは認めざるを得ないが、元哉のことをどこか見下しているのが気に入らない。

元哉にとっては亜澄は幼なじみだ。ふたりとも平塚駅北口の駅前商店街育ちだ。

両親は市役所勤めだったが、元哉の祖父母は《吉川紙店》という文房具店を開いていた。亜澄の父親はいまも商店街で《かつらや》という呉服店を営んでいる。

年齢は元哉がふたつ上なのだが、階級では追い抜かれてしまった。

「ごあいさつね。あたしはキミの指導役なんだよ」

亜澄はすました顔で言った。

この上から目線がイヤなのだ。しかも真っ向から反論しにくい。

「そうだ、吉川。今回も小笠原にしっかり仕込んでもらうんだぞ」

正木主任がおもしろそうに笑って元哉の肩をポンと叩いて去って行った。

元哉はめいっぱい顔をしかめた。

なにがおかしいのか亜澄はヘラヘラ笑っている。

3

月曜日、元哉は朝から鑑取り班に回された。元哉たちは鎌倉海濱芸術ホールスタッフへの再度の聞き込みを下命されていた。組まされた亜澄が地元の地理に詳しいからだった。各地に散らばっている観客のところをまわらなくてすんだのは、亜澄と組まされたケガの功名のようなものだった。

頭上の空は雲ひとつなく晴れ上がっている。

陽ざしはつよい。だが、建物が道路に作る影を歩くと意外と涼しかった。

「なんかいい住宅地だな。このあたり」

まわりの瀟洒《しょうしゃ》な民家を眺めながら、元哉は誰に言うともなしに言った。

デザイナーズハウスらしき意匠を凝らした白っぽい建物が続いている。

松林と竹垣に囲まれた落ち着いたお屋敷も残っている。

歳月を経た樹木に囲まれた庭を通って吹いてくる風にかすかな潮の香りが漂う。

ミンミンゼミの声が広い庭から響いてくる。

「そうだね。由比ヶ浜は明治時代に海水浴場が開かれて、保養地として発展したんだ。戦前からお金持ちの別荘、ホテル、保養施設などが建ち並んでいる場所なんだよ。古い建物はずいぶん少なくなったけど、さっき通ってきた《かいひん荘　鎌倉》みたいに当時の面影を残している建物もいくつか見られるよ」

隣を歩くサマースーツ姿の亜澄はさらっと説明した。

亜澄は鎌倉警察署員だから、このあたりは管轄区域ということにはなる。

「ああ、角曲がる前に建ってた、かっこいい出窓の洋館か」

江ノ電の由比ヶ浜駅を出てまもなくのところに白い壁のクラシックな洋館が建っていた。

「そう。大正の終わり頃に製紙会社社長の別邸として建てられたんだけど、戦後はリゾートホテルとして営業してきたんだ。あれも有形文化財なんだよ。一度泊まってみたいけど、高くてね」

亜澄は照れたように笑った。

「角曲がったところの竹垣と松林に囲まれた家も雰囲気あるなぁ」

セミの声がいちばんよく聞こえた家だ。

「あれは《松原庵》っておそば屋さんだよ。昭和初期に建てられた純日本建築なんだ。

一度行きたいと思ってるんだけどね」

亜澄は一瞬後ろを振り返って答えた。

「小笠原は鎌倉署に来て日も浅いのに、いろいろと鎌倉のことに詳しいな」

元哉はちょっと感心して言った。

ふたりはともに平塚の商店街育ちだが、元哉は鎌倉のことをほとんど知らない。

「言わなかったっけ。あたし、むかしから鎌倉ファンなんだよ。しぜんといろんなことに詳しくなるんだよね」

気負う風でもなく亜澄は答えた。

「俺もこんなところに住んだら、毎日、いい気分で過ごせるだろうな」

アパートなどは見かけず一戸建てか高級低層マンションしかなさそうだ。仮にアパートがあったとしても元哉の安月給では絶対に無理な地域だ。

だいいち元哉は県警本部刑事部の捜査一課所属だ。由比ヶ浜などに住んだら事件発生時に駆けつけることができない。まぁ、潮風の香りに浮かれて言ってみただけだ。

「へぇ、ちいさなホテルもいくつかあるのか。それにこっちの家はずいぶん豪華だな」

歩きながら元哉はまわりの家を見ながら建物を見まわした。

「キョロキョロまわりの建物を見ながら歩かないでよ」

尖った声で亜澄は言った。

「別にかまわないだろう」

元哉は鼻を鳴らした。

「キミのその姿、どう見ても金持ちの家を下見している盗犯だよ」

亜澄はのどの奥で笑った。

「冗談言うなよ。俺をドロボウ扱いする気かよ」

ムッとして元哉は言った。

「あたしはむかし厚木署の盗犯係にいたんだよ。常習窃盗犯の行動はある程度パターン化されてるんだ。明るいうちにそうやってめぼしい家を下見することが多い。キミの行動は盗犯の疑いきわめて濃厚だよ」

立ち止まった亜澄は、元哉に人差し指を突き出していった。

「なんだよ、その言い草」

元哉は歯を剝き出した。

「パトロール中の地域課員に出っくわしたら職質を掛けられるよ。恥ずかしいからやめてくんない」

平気な顔で亜澄は鼻の先にしわを寄せて笑った。

だからこの女と組むのはイヤなのだ。

昨夜の捜査会議が終わった後の班分けでも正木主任は、なんの迷いも見せずに元哉を亜澄と組ませた。警察は完全なる上意下達組織である。上司の命令に不満を表すことすら許されない。

内心では不満だらけの元哉だった。

だが、元哉も大人だ。相方と喧嘩すれば、嫌な思いで今日一日を過ごさなければならない。

姉さんぶってみたいのだ。亜澄は子どもなのだ。

元哉は反論をあきらめることにした。

瀟洒なホテルの前を通り過ぎてゆるやかなカーブを曲がると、道の正面に明るい青に輝く海が現れた。

「おお、海だ！」

しぜんと叫び声が出た。

思っていたよりずっと近くに見える。

「うん、今日はいい色だね。ここから見るとヘブンリーブルーって感じかな」

立ち止まった亜澄は目を細めて海を見つめている。

「へぇ、そんな色の名前は初めて知った」

「本来は天上の青って意味だよ。ちょっとスモーキーな明るい青紫を指すんだ。夏場は空気に水蒸気が多いから、昼間は海も透明度が下がって見えるけど、それがまたいいんだよね」

どこか嬉しそうに亜澄は答えた。

「俺なんて青っていうと、青と水色と紺色くらいしかわからないぞ」

ほかにもあるのは知っているが、色名などはさっと出てこない。

「明るい青だけでも、いくつもの色名があるよ。空色、白藍、露草色、勿忘草色《わすれなぐさ》、ホリゾンブルー、フロスティブルー、ベビーブルー、ヨットブルー……。まぁ、ほかにもいろいろあるけどね」

亜澄はさらさらと答えた。

「驚いたな。小笠原がそんなに色に詳しいとはな」

素直な驚きの言葉を元哉は口にした。初めて耳にする色がほとんどだ。

「あたし、呉服屋の娘じゃん。小さい頃から色とか模様に興味があったんだ。うちの店で扱ってる着物ばかりじゃなくて、中学高校の時なんかはいろんな色や柄を研究していたの。細かい色の違いを見分けるのも得意なんだよ」

亜澄はかるく胸を張った。

「初耳だよ。鑑識とかが向いてるかもな」

本部では刑事部鑑識課、所轄なら刑事課鑑識係の警察官は、色の違いに敏感だと役に立つ場面が少なくない。

「鑑識はエグい仕事が多いからね。まぁ、強行犯も一緒か」

どちらも死体と接することが珍しくない仕事だ。

「そうだな、違いねぇな」

亜澄と元哉は笑い合った。

同じ刑事だし、元哉も亜澄もいつか鑑識に異動になることもないとは言えない。

細い道は海沿いの国道一三四号に突き当たって終わっていた。

ひろい海が視界を覆って、全身を潮の香りが包んだ。

湧き上がる昂揚感を元哉は抑えられなかった。

平塚育ちとは言っても元哉はそれほど海と親しく接して育ったわけではない。

それでも、子どもの頃から海と出合うと身体が躍動する。

目の前のサンドベージュの砂浜には白っぽい外装の海の家が何軒も建ち並び、色とりどりのパラソルの花が咲いている。

サマーベッドに寝そべってドリンクを手にしている若い男女も少なくなかった。

「元哉くん、よだれ」

背後から亜澄のからかうような声が響いた。

「なんだよ」

振り返ると、亜澄はにやにやと笑って元哉の顔を見ている。

「だらしない顔して、ビキニの女の子に見とれてんじゃないよ」

「なに言ってんだよ。俺はただ海を見てただけじゃないか」

不本意な元哉は頬をふくらませて抗議した。

「あ、そっ」

それだけ言うと、亜澄は足早に突き当たりを左に曲がった。

まじめに抗《あらが》っているのも馬鹿馬鹿しいので、元哉は黙って亜澄のあとを追った。

水平線を右手に見て国道沿いの歩道を逗子の方向に歩くと、左側にゆるやかにカーブを描く白いコンクリートのシェル形屋根が現れた。

「あれが現場か。意外と大きいな」

鎌倉海濱芸術ホールのキャパシティは最大で一八〇〇人と聞いている。屋根の大きさは小学校の体育館の屋根をまん中から半分に切って横に並べたよりも大きいのではないだろうか。

「うん、オーケストラが入るわけだから、ステージは大きいんだよ」

ふたりはいくぶん早足で歩道をホールへと近づいていった。

角を曲がってすぐ、存在感のあるホールが、ひろい芝生に囲まれて建っていた。ホールはステージを有するシェルが海側で、座席は反対側に設けられている。

元哉たちが立っている海側はホールの裏側に当たる。とくにフェンスなどはなく、楽器などの搬入口のシャッター扉と、その横に人員出入用の黒いスチールのドアが設けられていた。

このホールの通用口だ。

まだ黄色い規制線テープが張ってある。

ドアの横には地域課の活動服を着た若い巡査が立哨していた。

巡査は亜澄の顔を見知っているのか、表情をゆるめて黙礼した。

「おはようございます。お疲れさま」

亜澄はさわやかにあいさつした。

「お疲れさまです」

「誰か来てる？」

「いえ、昨日一日で実況見分と証拠収集は終わっています。現在は自分ともう一名が表口と裏口の警備に当たっているだけです」

かしこまって巡査は答えた。

「そう、ありがと」

巡査が規制線テープを上げてくれたので、元哉たちは建物内に足を踏み入れた。

4

無機質なコンクリート打ちっぱなしの廊下にはむき出しの直管蛍光灯が点々と並んでいた。

建物内はエアコンが効いているのかひんやりと涼しかった。

すぐのところの事務室に声を掛けてホールの管理責任者を呼び出してもらった。

しばらくすると、紺色のポロシャツ姿の四〇代なかばくらいの男が廊下の奥から現れた。

きまじめな感じの痩せて小柄な男だった。

「ご足労をお掛けします、県警の小笠原です」

「同じく吉川です」

ふたりは警察手帳を提示して名乗った。

「ご苦労さまです。当ホール管理課長の遠藤《えんどう》と申します。うちは財団法人でして、わたしは財団の職員です」

丁重なあいさつをして遠藤は頭を下げた。

「お忙しいところ申し訳ありません。一昨日の事件の現場を見せて頂きたいと思いまして」

恭敬な口調で亜澄は頼んだ。

「はぁ、何人かの刑事さんがご覧になりましたが」

いささかとまどった顔で遠藤は答えた。

「すみませんね。警察は何人もの目で現場を確認しなくちゃならないんです」

亜澄はことさらに愛想のいい声で言った。

管理官に現場を確認する許可は得ているのでこちらとしては問題ないが、ホールの職員にとってはいい迷惑だろう。

「大丈夫です。少なくとも四、五日は休館の予定なので問題はないんです」

遠藤は事務室からプリントを持って来て元哉たちに渡した。

「ホールの案内図です」

A4のプリントに全体の略図が印刷されていた。来館者用の案内図だった。

「ありがとうございます。メモを取らせて下さい。写真も撮りたいんですけど」

亜澄はていねいな口調で頼んだ。

必要な写真は鑑識が撮っているはずだ。亜澄は自分が事件を考える上でのイメージとして現場付近の写真がほしいのだろう。

「かまいませんよ。こちらへどうぞ」

遠藤は先に立って白い壁の廊下を奥へと歩き始めた。

すぐに正面に黒いスチールドアが現れた。

ドアを開くと白い壁とライトグレーの樹脂床が蛍光灯で照らされている、ひろびろとしたスペースに出た。まわりにはいくつものドアが並び、トイレも設置されている。

元哉は案内図でいまいる位置を確認した。

亜澄はスマホであちこち撮っている。

「このスペースは出演者のためのロビーです。正面に並んでいるのが大小四室の楽屋です。楽屋の間にある大きめのドアの部屋はピアノ室、ほかに救護室や湯沸室、シャワー室、二基の業務用エレベーターなどがあります。ステージへはこちらから行けます」

遠藤は左手のドアを開けた。

まわりにはいくつものドアが並んでいた。

奥の両開きドアを開けると、壁が真っ黒に塗られている空間に出た。

スロープを降りたところで遠藤が言った。

「ここは舞台の上手袖になります。観客席からすると右手ですが、お客さんからは見えないエリアです。正面のドアの向こうは舞台です」

遠藤の指さす先には紺色の樹脂材で覆われた四枚のぶ厚そうな遮音ドアが並んでいた。

「出演者が出番待ちをする場所ですね」

元哉の言葉に遠藤は笑顔でうなずいた。

「そうです。そうです」

オーケストラのメンバーが出番待ちをするとなるとかなり窮屈な感じだ。

「ところで舞台の反対側には下手袖があるのですよね」

亜澄の言葉に遠藤はうなずいた。

「はい、当ホールでは下手袖はもっとひろくて、ごちゃごちゃしています。吊り物の操作盤などもあります」

「吊り物の操作盤ですって」

元哉も亜澄と同じ言葉に引っかかった。

「ぜひ下手袖にもご案内ください」

身を乗り出すようにして亜澄は言った。

「では、ご案内します」

上手袖の端を直角に曲がると、人間ひとりが通れるような通路があった。

「舞台を通らないんですね」

元哉は驚きの声を上げた。

「はい、さまざまな必要性があるので、下手袖には舞台を通らずとも行けるようになっています。この通路は舞台のバックボード沿いに作られていて、もちろん客席からは見えません」

二〇メートルほど歩くと、上手よりはひろいスペースに出た。

「ここが下手袖です」

下手袖に出るとすぐのところに黒く塗装された金属の端子盤が壁に埋め込まれていた。オペレーター用の椅子が置かれて、右手の壁にはホワイトボードにたくさんのプリントが張ってある。舞台の進行表のようだ。その横にはスチールの黒いドアがあって上部に避難口誘導灯が光っていた。壁には時計も掛かっていた。

二メートル四方くらいの端子盤には、液晶モニターを囲んで無数の四角いボタンが並んでいた。各ボタンにはホリゾント幕、第一バトン、第二バトンなどの文字がプリントされ、その下には▲や▼と記されたボタンと赤色の停止ボタンがあった。だいたいのボタンは四個でひと組のようだった。

現在は端子盤の主電源が切れているようで、点灯しているスイッチは見られなかった。主電源を入れるためなのか、右手の下のほうに鍵を差す場所があった。現在は鍵は外されていた。

「これが吊り物操作盤なんですね」

亜澄は操作盤を子細に眺めながら訊いた。

「はい、ホリゾント幕、暗転幕、緞帳《どんちょう》といった天井から吊ってある幕や照明類を吊ってあるバトン類などの舞台機構を上下させるための操作盤です。当ホールではすべてが電動モーターで駆動する仕組みですべてここでコントロールします。正確には吊り物とは言いませんが、音響反射板もここで操作できます」

「ホリゾント幕ってなんですか」

元哉も訊きたかったことだった。

「舞台の最後方にある白い幕で舞台効果のために照明を当てます。地平線や空などで季節を表現することもありますし、動画などを映し出すこともあります。ただ、クラシックのコンサートではまず使われません。事件当日、コンサート開始後はここで操作する舞台機構は緞帳も含めていっさい使っていません。また、事件が起きた際にもコンサート終了後に備えてオペレーターが座っていましたが、スイッチ類にはタッチしていません」

きっぱりと遠藤は言い切った。

「ここからステージは見えませんね」

亜澄は不思議そうに訊いた。

「ええ、舞台スタッフはインカムという無線機で連絡を取り合っています。吊り物操作盤のオペレーターは舞台監督の指示で吊り物の操作をします」

「なるほど……事件の際に落下した凶器が据え付けられていたライトもここで上下させ

るのですか」

亜澄が問うと、遠藤は暗い顔つきになった。

「はい、問題のライトは客席最前列に設置してあるシーリングライトです。ひとつのスチール製台枠に三〇個ほどが並んでいます。その台枠をここで上下させます。スイッチはこれです」

遠藤は端子盤の左の下方にあるボタン類を指さした。

「素朴な疑問なんですけど、ライトを点灯や消灯するのはこの端子盤ではないんですね」

元哉は端子盤を見ながら尋ねた。

端子盤にはそのようなスイッチは見られなかった。

「客席最後列のさらに後方の高い位置に調光室という調整室があります。そこに照明スタッフがいて、舞台を見ながら点灯や消灯、調光を行っています。クラシックコンサートの場合にはリハーサルの段階で決めた光の状態は変えません。また、調光室の隣には音響室もあります。今回のコンサートではマイクを使用していないので音響室にも役割がありませんでした。その隣に映写室もありますが、この二つの調整室もやはり今回は使っていません」

遠藤はちいさく首を振った。

「この端子盤の鍵は誰が持っているのですか？」

元哉はふと気づいたことを訊いてみた。

「ふだんは事務室のキーボックスにしまってあります。鍵の管理は事務室の仕事のひとつなのです。上演準備中や上演中にはもちろん操作盤オペレーターが持っています。そのほかにスペアキーがあり、キーボックスの鍵はわたしが持っています」

ちょっと緊張した声で遠藤は答えた。

「当日はシーリングライトの台枠は動かしていないのですね」

亜澄が念を押すように訊いた。

「そうです。当日は上下させていません。コンサート前日の金曜日の昼頃に電球のゆるみなどを確認する点検のためにいったん下ろしましたが、すぐに定位置に戻しました」

ゆっくりと遠藤は答えた。

ライトに凶器を仕込まれたのはその際である可能性も否定できない。

「点検作業をしていたのは誰なのですか」

目を光らせて亜澄は訊いた。

「ホールの照明係のスタッフです。ぜんぶで五人ですが……」

とまどったように遠藤は答えた。

「そのときには怪しい動きをしている人物はいませんでしたか」

畳みかけるように亜澄は訊いた。

「わたしは、ほかの用事があってその場に立ち会っていないのです」

遠藤は困ったように答えた。

「なるほどね……」

亜澄はあいまいな顔でうなずいた。

「あの……刑事さん、我々ホールの職員は完全な裏方なので、オーケストラ楽団員の皆さんとのつきあいはほとんどありません。リハ以外でも出入りなさる被害者の三浦さんや、指揮者の里見先生の顔はさすがに知っていると思います。でも、話したことがない者がほとんどです」

遠藤の口調は抗議めいていた。

ホール職員が疑われることが心外なのだろう。

これから詳しく調べる必要があるが、ホールスタッフに三浦を殺害する動機があるとは考えにくいことはたしかだ。

「しかし、ここにはいろいろな物が置いてありますねぇ。あの木製の台みたいなものはなんですか」

雰囲気を少しやわらげたくて元哉は質問した。

刑事は質問相手の機嫌など考える必要はない。

ただ、遠藤にはこの先も協力してもらいたい。

「あれは合唱や吹奏楽で使うひな壇のための木製の平台、箱足、開き足といった舞台道具です。収めてある場所を馬立《うまたて》と呼んでいます。隣にたくさん束ねてあるのはPA用のマイクケーブルですが、オーケストラはアコースティックなので当日もマイクは使っていません」

いくらかおだやかな口調に戻って遠藤は答えた。

「被害者の三浦さんと比較的親しかった方は作業には立ち会っていませんでしたか」

元哉の配慮など気にせず、平気な顔で亜澄は訊いた。

「ステマネの相木が立ち合っていたと思います」

いくらかいらだったような声で遠藤は言った。

「ステマネさんですか」

亜澄は首を傾げて尋ねた。

元哉も知らない言葉だった。

「ステージマネージャーの略称です。コンサートを滞りなく進行するために、さまざまな仕事をしているいわば舞台監督の仕事をしています。オーケストラの場合ですと、編成や各パートの配置。オケが持っていない楽器の借り出しや運搬。舞台設備の用意もステマネの仕事です」

「舞台設備とはなんですか」

亜澄の問いは元哉も訊きたかった内容だった。

「今回に関して言えば、指揮台、譜面台、椅子などですね。当ホールが所有しているわけではありませんので借り入れます。特別演出でPAや映写機を使うような場合には音響や映写スタッフとも打ち合わせします。公演当日は楽器や舞台設備の搬入、指揮者演奏者の楽屋の準備、ステージの設営、本番前のリハでは客席から演奏を聴いて楽器の配置の微調整をする仕事もあります。指揮者や演奏者を舞台に送り出すのもステマネの仕事です。本番中は舞台の袖にいて不測の事態に備えます。公演終了後はすべての後片付けの責任者です。撤収作業はだいたい一時間で終えなければならないのでコンサート当日は最後まで気を抜くことができない仕事です」

眉根を寄せて遠藤は言った。

「大変なお仕事ですね」

元哉にはとてもつとまらない仕事だ。コンサート当日は一日で胃に穴が開きそうだ。

「わたしはこの施設の管理責任者ですが、相木は舞台裏の責任者ということになります。ステマネはたいていはフリーですが、オケ専属の者とホール専属の者がいます。相木はうちのホールと契約しているので、鎌倉海濱芸術ホール専属のステマネということになります。うちのホールで開催されるクラシックのコンサートやリサイタルはすべて彼が支えています。相木は大変に優秀なステマネです。彼なくしては当ホールは立ちゆきません」

遠藤の声音には相木に対する信頼感がにじみ出ていた。

「では、遠藤さんとの関わりも少なくないのですね」

元哉の問いに遠藤は大きくうなずいた。

「ええ、楽器等の搬出搬入や楽屋割り、すべてのスケジュールなど、わたしといつも連絡をとらなければホール側は対応できませんので」

「新日本管弦楽団の方とも、おつきあいがあるのですよね」

亜澄は身を乗り出して訊いた。

「もちろんです。相木は我々と違って緊密に連絡を取っています」

当然のことだという顔で遠藤は答えた。

「相木さんにもお話を伺いたいんですが」

亜澄は熱っぽい口調で頼んだ。

「いまステージ付近にいるはずです」

四列並んだドアに歩み寄ると、遠藤はまん中の一枚を開けた。

目の前のぽかりと開いた空間から板張りのステージが見えている。

「どうぞステージに進んでください」

遠藤の言葉に従って、元哉と亜澄は舞台へと足を踏み出した。

現場だけに元哉はいささか緊張した。

亜澄も物も言わずにステージのまん中に進んだ。

ステージの照明は落としてあり、客席の一部の照明だけが点灯していた。

すでに実況見分と現場保存は終了しているので、鑑識標識板やチョークマークなどは見当たらない。凶器がどこから落ちて、三浦がどこに座っていたのかもわからない状態だ。

それでも亜澄は何枚かの写真を撮っていた。

すべては鑑識が記録にとって多数の写真も撮っているはずだ。

客席最前列の中央あたりにひとりの男が座ってステージを見つめていた。

「相木さーん、警察の方が話があるって」

元哉たちの背中から遠藤は客席に向かって叫んだ。

「いまそっちに行く」

客席の男はさっと立ち上がると、舞台の下手端に設けられた五段のステップを足取りもかるく登ってきた。

大柄な相木は遠藤と同じくらいの年頃だろうか。

丸顔で大きな目が朗らかな印象を与える。

黒いポロシャツの上にモスグリーンのナイロンベストを着ている。ベストのポケットは仕事道具の類いが入っているのか、右も左もふくらんでいた。

首にはインカムのヘッドセットを着けている。

「県警の小笠原と吉川です」

明るい声で亜澄は名乗った。

元哉も調子を合わせて頭を下げた。

「ステマネの相木です。まぁよろしく」

かるくお辞儀を返すと、相木は朗らかな顔つきで言った。

「土曜日の事件についてお伺いしたいことがありまして。お忙しいところすみません」

亜澄は愛想のいい調子で言った。

「かまわないよ。昨日の午後三時頃に警察から楽器なんかを出していいってお許しが出たからね。昨夜のうちに楽器と舞台設備は搬出できた。ホールがしばらく休みだから、今日は仕事なんてないんだ。家にいても落ちつかないんで来ているだけだから」

くだけた調子で相木は答えた。

「わたしは事務室に戻っていいでしょうか」

遠慮がちに遠藤は言った。

「ありがとうございました。また伺いたいことが出てきましたら事務室をお訪ねしますね」

亜澄が言うと、遠藤は頭を下げてきびすを返した。

5

遠藤が下手袖へ去って行くと、亜澄は相木に向き直った。

「メモ取っていいですか」

「どうぞ」

表情を変えずに相木は答えた。

ふたたび亜澄はメモ帳を取り出した。

「念のために伺いますね。相木さんは事件前日の金曜日、当日土曜日の本番前にはどんな行動をとっていましたか」

亜澄は相木のアリバイ確認をしているのだろう。

ずっと舞台周辺にいたのだから、相木が照明に凶器を据え付けることも可能かもしれない。

「金曜日はね、朝いちばんでホール入りして、昼飯抜きで午後三時くらいまで設営だよ。午後五時から午後八時くらいまでゲネプロにつきあった。事件当日は午後からホール入りして装置や照明など各部署スタッフとの最終打ち合わせで、午後五時の本番になっちやった。まぁ、いつも通りの流れだね」

相木は平気な調子で答えた。

「ゲネプロってなんですか」

亜澄は小首を傾げた。

元哉ももちろん知らなかった。

舞台用語はわからない言葉が多い。

「通し稽古のことだよ。公演前日に行うのがふつうだ。ただのリハーサルじゃなくって本番と同じ条件で音出しをする。MCまで入れるんだ。知らない人が聴いていたら本番だと思うだろうな。指揮者や楽団員は、自分たちの音を確認できるわけだ。我々も音の確認をするし、照明の微調整などもできる。クラシックの場合、上演時間もかなり正確にわかる」

「では、コンサートの前には必ずゲネプロが行われるのですね」

「少なくとも新日本管弦楽団はうちのコンサートでゲネプロをやらなかったことはないね」

「当日土曜日の本番前、楽団員さんたちは何時頃にホール入りしたのですか」

「うん、午後二時くらいには来ていたな。三浦さんもその頃会場入りした。里見先生は三時半頃楽屋に入ったんじゃないかな」

「相木さんやスタッフさんも午前中は会場に来ていないんですね」

「そう、スタッフは金曜日の設営で、全員クタクタだったからね。わたしも午前中は寝てたよ」

「いつもそんな感じなんですか」

「実はね、今回は設営に時間が掛かったんでね、けっこう忙しかったんだ。金曜日はゲネプロに間に合うようにアセアセで仕事したよ」

「どうしてアセアセだったんですか」

亜澄は不思議そうに訊いた。

「今回のプログラムは二曲でしょ。『新世界より』は二管編成なんで、ふだんのステージでいいんだけど、『由比ヶ浜協奏曲』があったからねぇ」

相木は鼻から息を吐いた。

「あの、すみません。二管編成ってなんですか」

亜澄と同じ質問が元哉も口から出かかっていた。

「オーケストラは曲によって一管、二管、三管、四管編成っていうのがあるんだよ。簡単に言うと楽器編成の大小だ。それぞれ木管楽器を何本使うかでそう呼んでるんだけど、交響曲や協奏曲でもたいていは二管編成だ」

「つまりフルートが二本、クラリネットも二本っていうことですね」

亜澄の言葉に相木はほほえんでうなずいた。

「そうそう、これが三管編成だと三本ずつになる。とは言ってもすべての管楽器が同じ数なわけじゃなくて、二管編成でもフレンチホルンは四本が標準だ。逆にチューバは一本がふつうだよ。とにかく曲ごとに、オーケストラの楽器編成は決まってるんだ。でね、『新世界より』は二管編成なのでここのステージでも問題ないんだ。『由比ヶ浜協奏曲』も二管編成だ。ところが、この曲の場合、うちの舞台だと手狭なんだよ」

「なぜなんですか」

「『由比ヶ浜協奏曲』の正しい名称は、椎名《しいな》慶一《けいいち》・ピアノ協奏曲第一番『由比ヶ浜』だ。つまりピアノが入るんだよ。フルコンサートグランドピアノは、全長二七五センチ程度、最大幅も一六〇センチくらいある。つまり畳二枚よりもずっと大きい。なので舞台を工夫しないと、オケが入りきれなくなってしまう。ところが決まった間口・奥行きを延ばすことなんてできるはずないだろ」

「で、どうするんですか」

「前舞台というのを使うんだ」

相木はにっと笑った。

「前舞台ですか？」

「うん、音楽ホールでは客席の一部を取り払ってオーケストラピットってのを作ることがある。バレエやオペラ、ミュージカルなどを上演するときだ。ステージ上の演技を観客に見せるためにオーケストラを一段低い場所に配置するんだ。舞台側何列かの椅子を外して、まわりの客席よりも一段低いスペースを作る。オケのメンバーは指揮者も含めてそのピットに入って演奏するというわけだ。俗にオケピなんて呼んでいる。狭いんで指揮者も楽団員も大変だけどね」

言葉を切って相木は苦笑いした。

「映画で舞台の下で演奏するオーケストラを見たことがあります」

亜澄は嬉しそうな声で言った。

「で、そのオケピの部分を蓋をするような感じで床材で覆うのが前舞台さ。当然、本舞台との段差がないように作ってある。いまは前舞台を使っている状態だよ」

相木は舞台の客席側を指さした。

「ぜひ見てみたいです」

亜澄は身を乗り出した。

「舞台を明るくしよう。ちょっと待ってね」

相木は首に掛けていたヘッドセットをきちんと装着してポケットのなかの無線機を操作した。

「あ、鈴木《すずき》ちゃん、舞台に灯り入れてくれる」

次の瞬間、舞台がぱっと明るくなった。

「誰が灯りつけてくれたんですか」

亜澄は舞台を見まわしたが、人影は見られなかった。

「調光室にいるスタッフだよ」

相木は客席の後方を指さした。

客席最奥部より少し高いところに三つの大きな窓があって、左端の窓に灯りが点っている。

遠藤が説明してくれた調整室だ。左端が調光室なのだろう。

相木が両手を挙げて大きく輪を作ると、明るい窓の向こうで若い男が立ち上がって亜澄たちにお辞儀した。

「ホールが休みなんだから有休を取りゃいいのに、なんにも予定がないなんて若いくせにデート相手もいないのかね。まぁ、うちの業界は忙しくて彼女作るヒマもないからな」

おもしろそうに相木は言った。

刑事もご同様だと元哉は内心で苦笑いした。

亜澄と元哉は天井を見上げた。

「木製の天井なんですね」

亜澄が言うとおり、天井はゆるやかなカーブで波打つ明るい色の木で作られていた。

「本当の天井はずっと上にあってコンクリート打ちっぱなしだ。無骨な鉄骨枠が縦横に通っていて各種の幕やバトンが取り付けられている。あれは音響反射板さ」

「天井ではなくて音響反射板なんですね」

「そう、左右の側壁も音響反射板だ。クラシックのコンサートでは適当な残響を生み出すために必ず設置する。うちは油圧で動かしているけど、反射板を設置すると舞台はかなり狭くなる」

「では、凶器が据え付けられていた照明器具はどこにあるのですか」

亜澄は天井の音響反射板を目を細めて見ている。

見たところ、すべての照明は反射板に埋め込まれている。凶器を設置することも隠すこともできない構造だ。

「あそこにある第一シーリングスポットライトだ」

相木は客席側の天井近くにずらっと並んでいるライトを指さした。

音響反射板が終わって客席側二メートルくらいの天井付近だ。

「あれですか」

亜澄は消灯しているシーリングスポットライトを見つめながら訊いた。

「わたしたちはCLと呼んでいる。CLってのは本来はシーリングスポットライトを設置する場所の呼び方なんだけどね。左右の壁にあるフロントサイドスポットライト……

ＦＲと合わせて使用する。舞台全体を明るくすることと、舞台上の演者への固定スポットの役割を担っているんだ」

元哉はひとつひとつのライトに目をやった。

取付金具に支持された筒型の黒いスポットライトが鉄枠から下がっている。

「あれなら凶器を据え付けることもできますね」

元哉はライトを見上げながら言った。

鑑識の記録した写真には、凶器は取付金具に固定してあった。

「たしかに」

亜澄も納得したような声を出した。

「約一四メートルの幅で上段に二灯ずつ一二基。下段に二灯ずつ一四基が並んでいる。二灯が一セットで調光室から点灯消灯でき、角度も変えることができる。さらに後方の少し高いところに同じ数だけの第二ＣＬが設置されている」

元哉たちの言葉に応ぜずに相木は説明を続けた。

後方の天井にもそっくり同じようなライトが見える。

「凶器はどのライトに仕掛けられていたのですか？」

亜澄は相木の顔を見て訊いた。

「第一ＣＬのうちの下段の一基だよ。鈴木ちゃん、ＣＬ１‐⑨をオンにしてちょうだい」

インカムを使って相木は調光室のスタッフに呼びかけた。

相木の声が残っているうちに二灯がぱっと点灯した。

「なるほど下手から三番目の二灯ですね」

亜澄は目を細めてライトを見ている。

「そう、あのライトの取付枠に凶器は仕込まれていたんだ。ちょうど真下がコンマス……つまり三浦さんが座る位置に当たっていた」

暗い声で相木は答えた。

鑑識の撮った写真では前舞台の中央よりやや左あたりだった。もちろん正確な位置も記録されている。ただ、現在の舞台はきれいな状態に戻っていて三浦が倒れた場所もわからなかった。

「三浦さんが倒れたのは、あの位置ですね」

亜澄が指さす先は前舞台の中央から左三メートルほどの位置だった。

点灯している二灯のCLライトがちいさな光の輪を作っていた。

「うん、あそこだ」

言葉少なに答えると、相木は光の輪のあるあたりに向けて歩き始めた。

元哉もあとに続き、亜澄もこれに従った。

「ここのアルミの廻り縁のところから前の部分が前舞台だよ」

相木はアルミの細い帯を指さした。

「いま立っている舞台は、本来の舞台の前に付け足してあるというわけですね」

亜澄の言葉に相木はうなずいて言葉を続けた。

「そう、面《つら》から四・五メートルほどのこの部分が前舞台だ。あ、面ってのは舞台の客席側を言うんだ。反対側は単純に奥って呼んでる。当日はこの部分に、指揮台やピアノが置かれていたんだ。それから三浦さんもね」

相木はこわばった顔で元哉たちを交互に見て言葉を継いだ。

「実はね、この前舞台を設置していなければ、犯人は今回の事件を起こすことはできなかったんだ」

「どういうことですか」

亜澄は舌をもつれさせて訊いた。

「本舞台の上には音響反射板があってライト類は隠れている。そんな凶器などを取り付けることは不可能だ。だが、むき出しのCLライトなら可能だ。だから、犯人はCLライトに凶器を隠したんだろう。だけどね、前舞台を使わなければCLの真下は客席なんだよ。あの晩はこの前舞台を設置したせいで、第一CLの真下に三浦さんが位置することになったんだ」

分析的な口調で相木は言った。

「今回の配置だと確実に三浦さんの頭上にあたるわけですよね」

亜澄の問いに相木はしっかりとあごを引いた。

「そうだね。CL1‐⑨は三浦さんの真上だ。垂直に落ちる鉄球なら三浦さんにしか当たらないはずだ。これがたとえばCL1‐⑥なら里見先生、CL1‐③ならピアニストの椎名さんに当たっていただろう。もっとも椎名さんは二曲目にしか登場する予定はなかったから事件の起きたときには楽屋にいたけどね」

「事件が起きたところでコンサートは中止になったんですよね」

亜澄は念を押して訊いた。

「コンマスがあんなことになったんだ。もちろんだよ。だから椎名さんの『由比ヶ浜協奏曲』の演奏もなくなった。騒ぎを聞きつけて椎名さんは楽屋から一緒にいたお弟子さんと駆けつけてきたけどね」

「椎名さんは残念だったでしょうね」

「もちろんだよ。里見さんの指揮で『由比ヶ浜協奏曲』を弾くのは初めてのことだったからね。それが急におじゃんになったんだ。彼は本番当日の朝にさえ調律の具合を試しに来るような人だ。音楽にそんな情熱を注いでいる人だよ。気に入らないと調律師を呼ぶくらいだからね。だけど、三浦さんの死で演奏どころじゃなかった。真っ青になって涙を流していたよ」

三浦の死を悲しむ人間ばかりのようだ。

「前舞台を設置すること、三浦さんがこの場所に座ることは誰が知っていましたか」

目を光らせて亜澄は訊いた。

いずれにしても、犯人が前舞台の設置を含めて当日の楽器配置を把握していたことは間違いない。

「ゲネプロに参加した者はもちろん知っていた。里見先生とオケのメンバーは全員だ。うちのスタッフすべてもね。当日演奏に参加しなかった楽団員は事件当時は客席にいたが、この人たちも配置はわかっている人が少なくないだろう」

かなりの人数になりそうだ。

「どのくらいの人数になりますか」

亜澄も同じことを考えていたらしい。

「新日本管弦楽団は七〇人以上の楽団員が所属している。ホールのスタッフはバイトや委託先も含めて六〇人くらいかな。まぁ、このほとんどの人間が配置はわかっていたはずだ」

あわせて一三〇人だ。すべてをチェックするのはなかなか大変な捜査になるだろう。

「ほかに配置を知っている人はいないでしょうか」

「前舞台を使うことだけなら、うちのホールでピアノ協奏曲や三管編成のような大がかりな曲を演奏するコンサートに来ている人なら、お客さんでも知っているんじゃないのかな。楽器編成に詳しくオーケストラの配置をよく知っているような人間なら三浦さんの真上にどのライトが来るかの予想は不可能ではないかもしれない」

考え深げに相木は言った。

元哉と亜澄は顔を見合わせた。

かるい失望が亜澄の顔に表れている。

客まで入るとなると、配置を知っていた人間から犯人を絞り込むのは、かなり困難な捜査となるだろう。

「犯人がCLライトに凶器落下装置を仕込めるチャンスはいつだったと思います」

亜澄は別の問いを発した。

「金曜の晩にゲネプロが終わって、翌日の朝にホールの職員が出勤してくるまでの間しか考えられない。ゲネプロの時点でそんなおかしな装置がつけられていないということは、わたしも含めて大勢の人が確認しているからね。その夜に誰かが仕込んだとしか思えない。CLライトは台枠ごと床まで下ろせるからね」

「すると、犯人は凶器を仕込む前に、吊り物操作盤を操作して台枠を下ろしたというわけですね」

そうなると、犯人は吊り物操作盤についても一定の知識を持っている人間ということになる。

「そうだね。だけど、あの時点では指揮台や演者の椅子が並べてあったから、床から一メートルちょっとくらいの位置までしか下ろせなかったはずだ。台枠に安全装置がついているから真下にあるものから五〇センチで自動停止する仕組みになっているからね。まぁ、そこまで下ろせばCLライトには余裕で手が届くはずだ」

「仕込める可能性のある人は誰だと思いますか」

亜澄は言葉に力をこめて訊いた。

「さぁ、わたしには見当もつかないね。少なくとも、舞台やCLライトについてある程度の知識を持っている人間ではあろうがね」

相木は首を傾げて言葉を継いだ。

「事件発生時のことを伺いたいのですが、相木さんは事件当日はずっとホール内にいらしたんですよね」

亜澄は質問の方向性を変えた。

「もちろんだよ。ステマネが逃げ出しちゃったら、指揮者もオケの連中も家に帰りたくなっちゃうよ」

相木は笑い交じりに答えた。

「では、事件発生時はどこにいましたか」

「その話はもう二回も警察の人に話したんだけどね、上演中は下手の袖に立って待機してたよ。『新世界より』の演奏は最初から聴いてた。第三楽章まで順調に進み、第四楽章に移ったときは緊張したな」

「シンバルが鳴る瞬間を待ってたんですね」

亜澄の言葉に相木は大きくうなずいた。

「そう。クラシックファンなら誰でも由良貞人くんに注目するところだからね。もちろんわたしも彼を見ていた。由良くんは非常にすぐれた打楽器奏者だ。でもね、あの瞬間はシンバル奏者にとってものすごい緊張感があるんだよ。ほかの楽器がピアニッシモのところにメゾフォルテというあいまいな強さで叩くという譜面の指示だ。それだけじゃあない。ふつうはシンバルってのは一発打つときには一小節に音符がひとつだ。ところが、あの曲では三小節にわたって二分音符、全音符、四分音符と七拍分も長く尾を引いて鳴らすんだ。ひとつ間違うと、指揮者とオケがそれまでの演奏で積み上げてきた世界をすべてぶち壊してしまうおそれもある。フォルテッシモでふつうに叩けばよくて一緒にトライアングルも鳴るブルックナーの『交響曲第七番』やラベルの『ボレロ』と比べても、『新世界より』のほうがプレッシャーが大きいと思うよ」

おもしろそうに相木は答えた。

「はぁ、なるほど」

亜澄は浮かない顔で答えた。興味深い話だが、クラシック談話を聞くためにここに来たのではない。

「でね、由良くんが見事な音を響かせた次の瞬間だよ。いきなり床になにかがぶつかる音が響いたんだ。心臓が止まるかと思ったよ。だけど、本当に心臓が止まりそうだったのは次の瞬間だ。三浦さんがヴァイオリンを放り出して前のめりに倒れたんだ。楽団員の悲鳴は響くし、舞台の上は大混乱さ」

相木はこわばった声で言った。

「相木さんはどうしたんですか」

畳みかけるように亜澄は訊いた。

「わたしは肝をつぶして駆け寄ったよ。そしたらさ、頭の後ろが割れてんだよ。血にまみれて白っぽいものが見えてる。三浦さんは口から泡を吹いてるし、ひと目でヤバいってわかったよ。でも、とにかく三浦さんの身体をできるだけ動かさないように支えていた。スタッフに救急車を呼ぶ指示を出したが、でも、無駄な気がしていた。そのうちに三浦さんが苦しそうにバタバタ暴れ出してね。わたしの力で支えきれないと思ったら、すぐにくたっと力が抜けてね。救急隊員がストレッチャー持って来たときにはもう相当危なかったんじゃないかな……運んでったときには顔色も土気色でとても助かるようには見えなかった」

暗い顔で相木は言った。

相木のこの感覚は間違っていないだろう。

記録では三浦は救急車内で心肺停止と判断されていた。

医師でない救急隊員は死亡診断はできないが、実際には死亡していたと推察できる。

「そのとき、おかしなようすの人はいませんでしたか」

亜澄の問いに、相木は顔をしかめた。

「あのね、みんな変だったよ。あたりまえさ。三浦さんってのは大切な仲間というか、オケのボスだよ。それがいきなり死にそうな大ケガをしたんだ。興奮して叫ぶ人、泣き出す人、ぼうぜんと突っ立ってる人、椅子に固定されちゃったかのように動かない人、まともな人間なんて少なくともステージ上にはひとりもいなかったよ。たまたまお客さんとして会場にいた年輩の刑事さんですらちょっと動揺していたからね」

厳しい顔つきで相木は答えた。

刑事さんというのは鎌倉署長のことだ。私服で警察だと名乗れば一般市民は刑事だと思うのがふつうだ。

「指揮者の里見さんはどうしていましたか」

「里見先生は突っ立っていたひとりだな。言葉を失ったような感じで、黙ってぼうぜんと三浦さんを見ていたよ」

「では、シンバルの由良さんは？」

この問いに相木は猜疑心に満ちた顔つきになった。

「警察は最初、由良くんを疑ったんだってね。取り調べを受けたってオケの連中から聞いたよ。殺人装置がシンバルの音で作動したって考えたんだろ。馬鹿馬鹿しい。由良くんは三浦さんを里見先生と変わらぬくらい尊敬していたんだ。事件のときにはシンバルをスタンドに置くと、真っ青な顔で突っ走ってきた。わたしと三浦さんのそばでうろうろと横に歩いてたよ。反復するみたいに左右にね。どうしていいかわからないって顔をしてた。彼を疑うなんてまったく馬鹿げてる」

相木は吐き捨てるように言った。

「我々の勇み足でした。凶器を落下させた装置はＢｌｕｅｔｏｏｔｈの電波で作動するものでした。犯人はおそらくは客席から装置のスイッチを入れたものと推察されます」

亜澄はばつが悪そうな顔で言った。

これはすでに記者発表されている内容だった。

「ああ、報道されてたな。少なくともステージ上の人間でないことはたしかだ。わたしはスイッチを入れられる環境にはいたけどね。わたしを犯人と思ってるのかな？」

開き直ったように相木はのどの奥で笑った。

「決して相木さんを疑っているわけではありません」

言い訳するように亜澄は答えた。

「まぁ、わたしを疑っても意味ないな。三浦さんが亡くなっていちばん困ってるのは、里見先生とわたしだからね」

相木は亜澄の目をしっかり見て言った。

「詳しく説明してくださいますか」

「里見先生はリハにはもちろん出てくるけど、楽団員への細かい指示は三浦さんにまかせていた」

「指揮者ってそんなもんなんですか」

元哉は意外に思って訊いた。

もちろん元哉はクラシックやオーケストラに関する知識はほとんどない。

ただ、以前見たテレビ番組では、ある著名な指揮者がリハーサルでオーケストラのメンバーに細かい指示を出すシーンが続いていた。

「ふつうは違うだろう。里見先生はえらすぎるんだよ。誰もが認める世界一流の指揮者だ。たくさんの賞に輝いているし、何十枚ってＣＤも発表している。なにせチェコ交響楽団の常任指揮者までつとめた人だからね。本当は新日本管弦楽団なんかじゃなくて、もっとずっといいオケを率いるべき指揮者なんだ。本当はこんなキャパのちいさなホールで指揮する人じゃない。だけど、自分がかつて新日本管弦楽団で飯を食ったことがあるから、常任指揮者を引き受けてるんだ」

「新日本管弦楽団への恩返しというわけなんですね」

元哉の問いに相木はゆっくりとあごを引いた。

「それにね、大芸術家らしく気難しい方なんだよ。おまけに口数が少ない。だから、里見先生とはあまり話すことはないんだ。一介のステマネのわたしなんかは口をきくのも遠慮しちゃうからね」

相木は肩をすくめるような仕草を見せた。

「でも、お仕事柄、相木さんと指揮者さんとは緊密にコミュニケーションを取る必要があるんじゃないんですか」

亜澄の質問は、元哉にももっともに聞こえた。

「その通りだよ。オケとステマネはツーカーでないと、コンサートの運営はうまくいかない。だけどね、新日本管弦楽団の場合には三浦さんが間に入ってくれてたから、なんの問題もなかったんだ。だけど、彼を亡くして、わたしも里見先生が率いているあのオケとの仕事をこれからどうしていけばいいのかわからなくてね」

相木は途方に暮れたような顔を見せた。

「オーケストラのメンバーの方も、里見先生には遠慮していたのでしょうか」

亜澄の問いに相木はちょっと微妙な顔つきで口を開いた。

「遠慮していたというより畏怖していたという感じかな。なにせ、世界的指揮者だ。オケの連中はみんな里見先生を神さまみたいに思っているかもしれない」

「なるほど神さまですか」

「一一年前に里見先生が常任指揮者となってから、楽団員の質もどんどん上がって、現在は新日本管弦楽団のメンバーも優秀な演奏者ばかりだ。でも、そのなかでも三浦さんはピカイチだった」

「里見さんと三浦さんの関係は良好だったのですよね」

亜澄は相木を見つめながら訊いた。

「もちろんだよ。三浦さんは自分の父親に対するように里見先生に接していた。なんというか、愛情と信頼に満ちた関係という感じだった。里見先生も三浦さんを頼っていた。先生は音楽のことしか頭にないんだ。楽団員とのコミュニケーションは、三浦さんがいなければうまくいかないだろう。三浦さんを亡くして、里見先生は大きく気落ちしているはずだ」

ふたりの関係を聞く限り、里見に動機があるとは考えにくいようだ。

「三浦さんと楽団員との関係にも問題はなかったのですね」

亜澄は問いを重ねた。

「なかった。三浦さんは温厚で親切な人間だった。コンマスなんてのは威張りかえっているヤツも少なくない。が、彼は違った。誰に対しても対等な関係を心がけていて、誰からも愛されるコンマスだったよ」

相木はきっぱりと言い切った。

「では、楽団内で動機を持つような人間は……」

亜澄の言葉をさえぎって相木は答えた。

「考えられない。いったいなぜ三浦さんがあんな目に遭ったのか、わたしにはまったく理解できない。彼を恨むような人間などいるはずもない」

相木は言葉に力を込めた。

「指揮者の里見さんや新日本管弦楽団のメンバーは誰もが三浦さんとの関係は良好だったというわけですね」

重ねての亜澄の問いに、相木はしっかりとうなずいて答えた。

「その通りだ。誰もが三浦さんを慕っていた」

しみじみとした口調で相木は言った。

「ほかに三浦さんを恨んでいたり憎んでいたりしたような人は思いつきませんか」

「思いつかないね。少なくともわたしの知っている範囲にはいない」

「相木さんは三浦さんとはお親しかったのですよね」

「わたしと三浦さんは仕事上のつきあいしかなかった。彼が横浜市内に住んでいることは知っていたが、家族がいるのかどうかも知らない。プライベートの三浦さんについてはなにも知らないんだ。ちなみにうちのスタッフは誰もが三浦さんの顔と名前くらいしか知らないだろう。温厚なコンマスとは思っていただろうがね」

遠藤と同じようなことを相木は言った。

「形式的なお尋ねですが、金曜日の夜はどちらにいらっしゃいましたか」

亜澄はやんわりと尋ねた。

「アリバイってヤツかな」

いたずらっぽい笑顔で相木は言った。

「まぁ、一応、関係者の方には伺うことになってまして」

歯切れの悪い口調で亜澄は答えた。

「ないよ。ゲネプロ終わってから、まっすぐ港南台の自宅に戻ってコンビニ弁当で一杯やってから寝た。わたしは独り者だから証人はいない。でもね、そんな厄介な仕掛けをするエネルギーは残ってなかったよ。ステマネは本番前日はクタクタだからね。わたしなら少なくとも別の日を選ぶな」

相木は苦笑いを浮かべた。

「なるほど……お疲れさまでした」

ちょっと間の抜けた答えを亜澄は返した。

亜澄は元哉に目顔で追加の質問はないかと尋ねてきた。元哉はちいさく首を横に振った。

「お忙しいところありがとうございました。とても参考になりました」

ほほえんで亜澄は礼を言った。

「いや、忙しくないって……」

顔の前で手を振って、朗らかに相木は笑った。

「お伺いしたいことが出てきましたら、またお訪ねするかもしれません」

亜澄は明るい声で言った。

「ああ、あなたたちなら歓迎だよ。わたしの逮捕状を持ってこない限りね」

片目をつむる相木に、かるく頭を下げて元哉たちは舞台を後にした。

案内図を頼りに客席やロビーを見てまわった後、ふたりは事務室に遠藤を訪ねた。

受付窓から元哉たちの姿を見ると、遠藤は横のドアから出てきた。

「すみません、ほんの少しだけ伺いたいことが出てきまして……」

目の前に立った遠藤に亜澄はやわらかい声で言った。

「なんでしょう？」

けげんな声で遠藤は訊いた。

「事件前日、金曜日の夜なんですが、ホールから最後に人が退出したのは何時頃ですか」

亜澄の言葉に遠藤は迷いなく答えた。

「金曜日の晩はゲネプロが終わってから一時間ほどの午後九時過ぎには残っている者は全員帰宅しました」

「最後に退出したのは誰ですか」

「わたしと残業していた事務スタッフ二名が通用口から退出しました。通用口の鍵はわたしが施錠して自宅に持ち帰りました」

「通用口の鍵はほかにどなたが持っているのですか」

「わたしと管理課の課長補佐、営繕課長と営繕課の課長補佐、館長、副館長の六名です。さらに事務室のキーボックスにスペアキーがあります。前日までに連絡があれば一般のスタッフに貸し出す場合もあります。事件前夜は通用口の鍵一本をステマネの相木さんに貸し出していました」

「厳重な管理をなさっているのですね」

「はい、正面玄関の鍵も同様の管理状態です。さらに退出時に機械警備のスイッチはわたしが入れました」

遠藤はきっぱりと言いきった。

「このホールには機械警備が入っているのですね」

亜澄はまわりを見まわしながら質問した。

「ええ、各ドアと調整室、舞台袖などにセンサーが入っていて、不審者が侵入すればアラームが発報して警備会社と警察に通報されるシステムが入っています。またどこかのドアや窓が開いてもセンサーが反応します。もちろん金曜の晩から土曜の朝までアラームは発報していません」

発報があれば、当然ながら警察は侵入をリアルタイムに把握しているはずだ。

「では、夜間は警備員さんはいないのですね」

亜澄の言葉に遠藤はかるくうなずいた。

「はい、一名の警備員が民間会社から来ているのですが、開館時間の午前九時から午後五時までの勤務です。アラームが発報すれば、一〇分以内に複数の警備員が駆けつけますので」

「事件当日、土曜日の朝はいつ誰がアラームを切ったのですか？」

「土曜の朝は、わたしが出勤してきてアラームを解除しました。八時二〇分くらいだと思います。正確な時間は記録を調べればわかりますが……」

「いえ、いまはけっこうです」

「うちは正規職員は八時三〇分が出勤時間です。わたしは当ホールの施設管理責任者なので、少しだけ早く出勤しています」

遠藤は胸を張った。

「今回の凶器落下装置は遠藤さんが金曜日に退出後、土曜日に出勤するまでの間に犯人が侵入して据え付けたものだと思います。犯人は金曜日の夜間に第一シーリングスポットライトを下げて装置を取りつけたものと思われます」

亜澄の問いに遠藤は顔を曇らせた。

「しかし、アラームは発報していません。金曜日の晩に侵入者があった形跡はありません」

きっぱりと遠藤は言い切った。

「アラームの解除はどこで行うのですか？」

「通用口を入ってすぐのところのスイッチです」

「わたしたちが入ってきた入口ですね」

「そうです。あそこにアラームをオン／オフするスイッチがあります。あとでお見せしますよ」

「お願いします。防犯カメラはどこに設置されていますか」

防犯カメラの映像は捜査本部で解析しているが、いまのところは不審な人物は発見されていない。

「観客が入退場する正面玄関とロビーに数箇所、楽屋ロビーと楽屋、さらにこの事務室と通用口、搬入口に設置してあります」

迷わずに遠藤は答えた。

「舞台や舞台袖には設置されていないのですよね」

「演者とスタッフしか行かないところですし、そんなところでなにかを盗むような人はいないですからね」

苦笑しながら遠藤は答えた。

遠藤の言葉には賛同せざるを得なかった。

「いろいろとありがとうございました」

亜澄は笑顔で礼を言った。

元哉たちは遠藤に続いて通用口に向かった。

「これがアラームのスイッチです」

ハガキくらいのライトグレーのボックスを遠藤は指さした。

大きなボタン型のスイッチの上に、ちいさな液晶の窓とブルー／レッドのＬＥＤでオン／オフの状態がわかるようになっていた。

「通用口を開けて、このボックスの前に立つまでの間にはセンサーがありません。そうでないと建物に入った途端にアラームが発報してしまいますからね。ボックス内のスイッチを押すとすぐにアラームが切れます」

ボックスを指さしながら遠藤は説明した。

「通用口のドアからボックスまでは四メートルくらいですね」

亜澄はドアとボックスを見比べながら訊いた。

「そう、この間だけが安全地帯というわけです。退出時はスイッチを入れて五分後にアラームがセットされるような仕組みです。セットした者は安全地帯の外に出ないように気をつけて外へ出てドアに施錠するわけです。解除しないでトイレにでも行ったらすぐに発報します。発報してもベルなどは鳴りませんが、警備員が駆けつけます」

遠藤はちいさく笑った。

「このアラームの操作方法は誰が知っているのですか？」

畳みかけるように亜澄は問いを重ねた。

「ホールの職員は全員知っています。アラームセット時に職員と一緒にいた人なら楽団員のなかにも知っている人はいるでしょうね」

となると、通用口の鍵さえ持っていれば、アラームの警戒網をクリアするのは難しくないことになる。

ボックスを指さしながら遠藤は説明した。

「では、ここに立たなければアラームはオン／オフできないのですね」

亜澄もボックスを見ながら訊いた。

「先代のシステムはそうでしたが、いまは入退室時とも遠隔操作ができるようになっています」

遠藤はさらりと言った。

「遠隔操作ですか」

亜澄は聞きとがめた。

「はい、スマホやPCでウェブからログインしてパスワードを入力すると、オン/オフできます」

「そのパスワードは誰が知っているのですか」

「通用口や正面玄関の鍵を持っている六名と相木さんです。ですが、七名とも当日はログインしていません」

「なるほど、よくわかりました。ありがとうございました」

亜澄がきちんと頭を下げたので、元哉もこれに倣った。

「ご苦労さまでした」

遠藤はさらっと言って元哉たちを送り出した。

6

ふたりはそのままホールの敷地外に出た。

「収穫あったね」

国道一三四号に戻ると、亜澄は嬉しそうに言った。

「たしかに詳しいことがいろいろわかったけど、犯人はまるでわからないじゃないか」

元哉にはそれほどの収穫は感じられなかった。

ふたりは歩道で立ち止まった。

「少なくとも犯行時刻、つまり凶器落下装置を仕込んだのが金曜の午後九時過ぎから土曜の午前八時二〇分くらいの間ということになるよね。だけど、その時間には全館に機械警備のアラームがセットされてたんだよ。ところが、発報していないわけでしょ。大げさに言えば一種の巨大な密室だったんだよ」

亜澄は噛んで含めるように言った。

「犯人の侵入時にアラームは解除されてたわけだな。通用口から入れば、ホールの職員なら誰でもアラームは解除できるわけだし、ほかにも解除できた人間はたくさんいるようだしな」

元哉の言葉に亜澄は首を横に振った。

「アラームは、たぶんネット経由で解除されたんだよ。パスワードさえわかれば、誰でも遠隔操作できるわけだから」

亜澄は考え深げに言った。

「パスワードを知っていて遠隔操作できる遠藤課長たちホールの管理職六人か、あるいは相木さんが犯人だって言ってるのか」

元哉は意外に思った。

「断言はできないけど、違うと思う」

「じゃあ犯人はどうやってパスワードを知ったんだ?」

「たとえば遠藤さんが遠隔操作したときにそばにいて、横から覗き込むとかしたのかもしれない」

亜澄はさらりと答えた。

「ないとは言えないな」

元哉は低くうなった。

「アラームが遠隔操作されたって考えるのは、犯人は通用口から侵入したんじゃないと思うからなんだ。もちろん、正面入口でもないと思う」

「なんでそんなこと言えるんだよ」

「だって、どっちから侵入しても防犯カメラに映っちゃうじゃん。その二箇所はないよ」

「犯人がそこまで気にしてたかな」

元哉がなんの気なしに言った答えに、亜澄は顔をしかめた。

「今回の犯人は相当に注意深く狡猾な人間だよ。めんどくさい装置を手間掛けてＣＬライトなんかに取りつけて殺人を行っている。単純な人間なら、暗闇で三浦さんを殴るとかして殺すでしょ。自分が捕まらないために最大限の工夫をしているはず。防犯カメラだって絶対にチェックしている。いま捜査本部の誰かが記録を解析していると思うけど、それらしい不審者は絶対に映ってないと思う」

亜澄は自信満々に言った。

鼻につくが、亜澄の指摘は正しいように感じた。

「じゃあ、犯人はどこから侵入したんだよ」

「あのさ、犯人が行かなければならなかった場所ってどこだった？」

「まずは事務室だよな。キーボックスから吊り物操作盤のキーを盗み出さなきゃならない。それから下手袖だ。吊り物操作盤を操作してCLライトを前舞台近くまで下ろす。続いて舞台に行ってライトに凶器落下装置を仕込む。下手袖でCLを天井に戻したら事務室にキーを返す」

小憎らしく感ずるのをぐっとガマンして、元哉はいま見てきたそれぞれの場所を思い出した。

「どこも正面入口や客席と反対の南側に寄っているよね」

「そう言やそうだ」

「だから、犯人は舞台より北の客席側に行く必要はなかった」

「まわりくどい言い方はよせよ。どこから侵入したのさ」

ちょっとイラッとした口調になってしまった。

「あのさ、元哉くんも気づかなかった？　吊り物操作盤のすぐ奥に黒いドアがあったでしょ」

「たしかにあった」

元哉もはっきり覚えていた。

「あれは演者スタッフが屋外へ出る非常口だよ」

「そうだな、ドアの上の壁に避難口誘導灯があったな」

元哉は大きくうなずいた。

「犯人は建物東端に近いあのドアから下手袖に侵入したんだと思う。あのドアにも下手袖にも防犯カメラはない。舞台裏の通路を通って下手袖から上手袖に移って事務室へ出る。そこでキーを盗み、舞台裏の通路で下手袖に移動して吊り物操作盤でCLライトを下ろす。前舞台に移ってCLライトに凶器落下装置を仕込む。ふたたび下手袖に移動して吊り物操作盤を操作してCLライトを天井付近に戻す。あとは行きと同じように上手袖から事務室へ行って吊り物操作盤のキーを戻し、下手袖に移動して侵入したドアから出たんだよ。犯人は事務室の鍵は持っていたんだろうね」

亜澄はさらさらと説明した。

「ちょっとややこしいな」

元哉は亜澄の口にした経路を頭のなかに描いた。

「事務室と下手袖の間で東西に二往復すればすんだんだ。あとは下手袖と舞台の往復ね。あわせても一五〇メートルも移動すればよかったはずだよ」

亜澄はしたり顔で言った。

「なるほどな。つまり下手袖にある非常口の鍵を犯人は盗んだんだな」

「そうだと思う。あるいは前日のうちにこっそり開けておいたのかもしれない。あるいは合鍵を持っていたのかもしれない」

「合鍵か……」

元哉はぽつりとつぶやいた。

犯人がホール側のスタッフ、あるいはスタッフと親しい人物であれば、事前に鍵を盗み出して合鍵を作るチャンスもあったかもしれない。

「もし仮に犯人が吊り物操作盤の鍵も持っていたとしたら、事務室に行く必要はないから話は簡単だよ。そうだとしたら、ドアから入ってすぐに吊り物操作盤を操作する。舞台に行って犯行を実行したら下手袖に戻ってドアから出ていくだけだからね。移動距離もずっと短くなるね」

「そうだな、犯人は両方の鍵を持っていた可能性が高いな。パスワードを知っていて下手袖の非常口の鍵と吊り物操作盤の鍵を持っていれば、金曜の夜に凶器落下装置を仕込むことができるな」

「できる人物は限られているよね」

「それと、土曜日に前舞台を設置することや、そのときの三浦さんの着座位置も知っている人間しかあり得ないな」

「そう、そこだよ。今回の犯人はホールの構造やアラーム、施錠、CLライトの上下操作などに詳しい人間に決まっている。そんな人間は何人もいないでしょ」

「もしかして、小笠原はステマネの相木さんを犯人と考えているのか」

元哉は亜澄の目を見て訊いた。

「相木さんはもっとも不利な立場だよね。彼はパスワードも知っていた。それに吊り物操作盤を操作してCLライトを下ろすことも簡単にできる。だけど、動機がない」

「そうだな、さっき聞いた話では、三浦さんが亡くなって相木さんは困っているとしか思えなかった」

「だから、相木さんに動機があるのかを探す必要があると思う。そのあたりは新日本管弦楽団のメンバーに当たるしかないんじゃないかな」

「だけど、もし相木さんが犯人だとしたら、あんなに詳しくCLライトのことなんかを説明しただろうか」

「そこも引っかかるんだよ。それに仮に相木さんだとしたら、なにも自分が支えているコンサート中にケトルベルを落とすようなことはしないよ。ほかの手段を使うはずだと思う。真犯人の態度としてはそぐわない気がする。相木さんに犯人を絞ることは危険だと思う。ホールのほかのスタッフや、楽団メンバーだって可能なことなのかもしれない。スタッフより楽団員のほうが三浦さんを殺害する動機を持つ人間は見つかる可能性が高いかもしれない」

亜澄は考え深げに言った。

「俺もそう思う」

「だから、これからさ、楽団員をまわってみたいんだよ」

亜澄はスマホを覗き込みながら言った。

「誰からまわってみるつもりなんだ」

「里見義尚さん」

元哉の顔を見て亜澄はほほえんだ。

「おい、いきなり大先生のところか」

驚いて元哉は言った。

「鎌倉市内だしさ……三浦さんのことをいちばんよく知っているはずだからね」

そう言いながら、亜澄はスマホをタップして耳に当てた。

「わたくし、神奈川県警鎌倉署の小笠原と申します。土曜日に鎌倉海濱芸術ホールで発生した事件について調べております。里見先生にお話を伺いたいと思いまして……」

電話口から女性の声が響いている。

「そうですか、それはご心配ですね。では、後日またご連絡します。どうぞお大事になさってください」

亜澄は口をちょっと尖らせて電話を切った。

「事件の後、具合を悪くして寝込んでるんだって」

「まぁ、高齢だろうしな」

「里見さんは七四歳だね。電話に出たのはお嬢さんだったけどすごく心配してた」

「いずれにしても今日は無理だな」

「無理しても意味はないね。ほかの人にアポ取ってみる」

めげずに亜澄は連絡先をチェックしてからふたたびスマホを耳に当てた。

「由良貞人さんに掛けてみる」

「おい、任意同行で引っ張ったシンバル奏者だろ。まだ、機嫌を損ねてるんじゃないのか」

元哉の言葉を無視して亜澄は電話を掛け続けた。

「由良貞人さんの携帯でしょうか……わたくし神奈川県警鎌倉警察署の小笠原亜澄と申

します が」

亜澄は鼻へ抜けるように猫なで声を出した。

電話に出た相手はなにかをまくし立てている。

スマホのスピーカーから尖った声が漏れている。

通話相手の声が周囲にも聞こえるのは警察官としては問題が多い。

貸与されている公用のスマホなのだから、機種選定には慎重になってほしい。もっとも亜澄の耳への当て方が悪いのかもしれないが。

「まことに申し訳ありませんでした。わたくしどもの手落ちです。実はお詫びに伺いたいと思いまして……」

少しの間、亜澄は由良と話し続けていた。

「そうですか、すぐに参ります。どちらへ伺えばよろしいですか」

どうやら由良は、亜澄の頼みを引き受けたらしい。

「わかりました。では、一一時半に《茶夢《ちゃむ》》でお待ちしております。どうぞよろしくお願いします」

亜澄はよそ行き声で電話を切った。

「どうした？　由良って人、怒ってたんじゃないのか」

「うん、かなりおかんむりだった。だけど、あたしが誠意をもってお詫びしたいって言ったら、OKもらえた」

しれっと亜澄は笑った。

「小笠原の誠意なんかアテになるか。里見さんに断られるまでそんなこと言ってなかったじゃないか。急に謝りたくなったのかよ」

皮肉をこめて元哉は言った。

「えへへ、お詫びするなら早いほうがいいと思ってさ」

意に介する風もなく亜澄は答えた。

「まぁ、話を聞いてみたいのは事実だからな。ところで《茶夢》ってとこで待ち合わせたのか」

「鵠沼《くげぬま》海岸駅すぐの喫茶店。家が近くなんで駅に着いたら電話入れてくれって」

そう言いながら亜澄はスマホをいじっている。

「そうか、小田急か……どこで乗り換えると早いんだ？」

「やっぱり江ノ島乗換えだね。藤沢まで行く手もあるけど、一〇分は余計に掛かる」

由比ヶ浜駅から江ノ電で江ノ島まで行って、小田急線の片瀬江ノ島駅まで歩けば鵠沼海岸は隣の駅だ。

「とにかく由比ヶ浜まで戻ろう」

陽光から逃れるように元哉は足を速めた。

太陽が中空に昇って暑さのメーターが上がってきている。

救いの潮風を受けながら、元哉たちは由比ヶ浜駅を目指して歩き始めた。

「しかし、よくこんな場所にコンサートホールを建てる場所が空いてたな」

鎌倉海濱芸術ホールをちょっと振り返って元哉は言った。

周辺はマンションがぎっしりと建ち並ぶ場所だ。

ただ、ホールのほかにもスポーツ広場らしきところや広大な空き地が見られる。

「ホール周辺は鎌倉海浜公園の由比ガ浜地区に当たっているんだ」

前を見ながら、亜澄は答えた。

「あ、稲村ヶ崎と一緒か」

鎌倉海浜公園稲村ガ崎地区は前回の事件で夕陽を眺めた場所だ。

「それから、この前の事件でもちょっと名前の出た鎌倉海浜ホテルが建っていた場所でもあるんだ」

「明治時代から終戦直後まで続いた豪華ホテルだったよな」

「うん、鎌倉海浜ホテルは明治二〇年に日本最初のサナトリウムとして建てられたんだよ。すぐにホテルに替わったけど」

「サナトリウムってなんだ？」

聞いたことがあるような言葉だったが、意味がわからなかった。

「もともとは結核療養所のことだね。気候のいい海沿いや空気のきれいな高原で長期的な療養をするための病院だよ。前回の事件でも話が出たけど、抗生物質が普及する前に不治の病だった結核には転地療法が有効だと考えられてたんだ。お金のある結核患者しか入れなかったんだけどね。元哉くんは宮崎駿監督の『となりのトトロ』は見てない？」

「ああ、見てるよ。なんか好きなんだ」

実はＤＶＤも持っている。最近はあまり見ることはないが。

「あのアニメでサツキとメイのお母さんが入院している七国山病院は、東村山市のサナトリウムがモデルになっているんだ」

「ああ、あの病院がそうか」

「結核の治癒率が高まった現在は多くは消えてしまったんだけどね。残っているサナトリウムは精神疾患、認知症、脳卒中の後遺症などの療養施設と役割を変えているんだ。実は鎌倉には元はサナトリウムだった病院がいくつもあるんだ。鎌倉高校前駅近くの鈴木病院も腰越海岸の恵風園内科・消化器内科クリニックも、鎌倉山のメンタルホスピタルかまくら山も、みんな戦前はサナトリウムだったところなんだよ。恵風園はサナトリウムよりも太宰治が心中し損なって入院した病院として有名だけどね」

亜澄は鎌倉には本当に詳しい。鎌倉ファンの面目躍如たるところだ。

「なるほど、鎌倉は気候のいい保養地として有名だったというわけか」

そんな話をしているうちに踏切が鳴る音が聞こえた。目の前を緑とクリーム色に塗り分けられた鎌倉方向へ向かう江ノ電が通り過ぎていった。

江ノ電に乗っている最中に、捜査本部から一斉メールが配信された。

ホールの警備会社に確認したところ、アラームを解除した時刻がはっきりしたのだ。

金曜日の夜、アラームが手動セットされた時刻は午後九時一三分だった。土曜日の朝、手動解除されたのは午前八時二二分。遠藤の言葉通りだった。だが、金曜日の午後九時二一分にも遠隔操作で解除されていた。その後、一〇時七分にいったん遠隔操作でセットされ、三分後に手動で解除。さらに一〇時二八分に再度手動セットされていたことがわかった。つまり最初にセットされた八分後に何者かが解除し少なくとも一時間一五分は滞在していたのだ。しかも、一〇時七分にいったんセットしたものを三分後に手動解除し、一八分後に再度手動セットするという行動を取っていた。なお、ネット経由での遠隔操作についての発信元は辿れていない。

ちなみにセット後、三〇分を過ぎて一時間以内の解除があった場合には警備会社に自動通報され、警備会社はホールに電話して状況を確認して、誰も電話に出ない場合は警備員が駆けつけることになっている。だが、最長で八分しか経っていなかったのでこの措置は取られなかった。セットしてすぐ解除することはどこの会社や学校などでも珍しくないそうである。一〇時七分に一度アラームがセットされて三分後に解除され、さらに一八分後に最終的にセットされていることが不思議だ。だが、これは犯人が犯行準備に不安を感じて確認したか、ためらいを感じていったん現場に戻ったためと推察されていた。

犯人の侵入時刻がはっきりしたことは大きな進展だった。また、滞在時間が短いことから、犯人はホールの構造や警備の実態に詳しい人間であることが裏付けられた。

第二章　音楽家たち

1

鵠沼海岸駅には約束の五、六分前に着いた。

マップで確認したが、《茶夢》は駅南側一分くらいの至近距離にある。

平塚の商店街育ちの元哉にとって、この界隈はちょっと敷居の高い街というイメージがある。

駅北側の鵠沼松が岡は湘南でも古くからいい住宅地として知られている。

改札口の南側にはきれいな石畳が続くこぢんまりとした商店街が続いていた。ほとんどの店が新しい。石畳が尽きたあたりに目指す《茶夢》はあった。

オレンジ色の西洋瓦に白い吹付壁という少なくとも五〇年以上は経っているようなむかし風の喫茶店だ。店の名前のセンスにふさわしい感じだ。

木製のガラス格子のドアを開けると、カウベルが鳴った。

このあたりも古典的でかえって好もしい。

カウンターには白い口髭を生やした店主らしき老人と薄桃色のエプロンを掛けた若い女性がいた。

客席には老夫婦らしき男女がひと組、静かに話しているだけだった。

店内には低い音で室内楽が流れていた。

「いらっしゃいませ」

学生バイトなのか高校生くらいの女の子があどけない声で言った。

「あと、ひとり来ます」

亜澄は答えながら店の奥の四人掛けテーブルに座った。

老夫婦は会計を済ませて店を出ていった。

すぐにドアのカウベルが鳴って、白地にライトブルーのピンストライプが入った半袖シャツにデニム姿の男が入ってきた。

元哉と同じくらいの背丈で体格もいい。眉が太くぎょろっとした目と引き結ばれた唇が意志の強そうな雰囲気を感じさせる。

「小笠原です」

「吉川です」

亜澄が反射的に立ち上がったので、元哉もこれに倣った。

「由良です。わざわざどうも」

由良は顔つきにふさわしい野太い声で名乗った。

「このたびはご迷惑をおかけ致しました」

深々と亜澄は身体を折った。

元哉も追随するしかなかった。

上の者が見たら、きっと不愉快に思うだろう。

参考人聴取は警察の当然の職務執行だ。なにもここまで丁重に詫びる必要はない。

「まぁ、まぁ、座ってください」

ちょっとあわてたように由良は手を椅子のほうに向けて振った。

「失礼します」

明るく答えて亜澄は座った。元哉も亜澄の隣に座った。

バイトらしき女性が水と紙おしぼりを三つ持ってきた。

「なんでも召し上がってください」

亜澄は明るい笑みで言った。

もちろん自腹を切るつもりだ。謝罪のための費用など出るわけがない。

「ブレンドコーヒーでいいです」

由良はいくぶん尖った声で答えた。

「なんならお食事でもいかがですか」

亜澄は笑みを浮かべたままで言った。スパゲティやサンドイッチといったメニューを書いた紙が板壁に貼ってある。

「いえ、この後、都内にレッスン指導に出かけますので、そちらでランチするつもりです」

不機嫌そうな声で由良は答えた。

表情からすると遠慮しているのではなさそうだ。

「ブレンド三つ、お願いします」

亜澄が明るい声でオーダーを入れると、若い子は復唱して去った。

「あらためてごあいさつしますね。鎌倉署刑事課の小笠原亜澄です」

亜澄は名刺を取り出して机に置いた。

「わたしは捜査一課の吉川です」

元哉も名刺を差し出した。

「ふたりとも刑事さんなんですよね」

じっと名刺を覗き込んでから、由良は亜澄と元哉の顔を交互に見て言った。

「意外ですか」

亜澄は小首を傾げた。

「失礼ですが、小笠原さんは謝る係の人かと思ってました」

まじめな顔で由良は言った。

警察にそんな係があるわけはない。

「どうしてですか？」

「なんて言うのかな。僕を取り調べた刑事さんと違ってすごく感じがよくてかわいいし
……」

由良は少しだけやわらかい顔になって言った。

「ありがとうございます。でも、今回の事件を調べている捜査員のひとりなんです」

亜澄は愛想よく答えた。

「僕は刑事って人たちが、すっかり嫌いになりました」

ふたたび不機嫌そうな声に戻って由良は口を尖らせた。

「不愉快な思いをさせてしまって本当に申し訳ないです」

肩をすぼめて亜澄は謝った。

「楽屋からタキシードのまま警察まで引っ張って行かれたんですよ。楽器もステージの

上に置いてきたんです。手持ちのシンバルだから心配じゃないですか。でもね、そんなことはどっちでもいいんです。僕が三浦さんを殺しただなんて！　そんなひどいこと言うなんてあなたたちは悪魔ですか」

由良の目はつり上がっていた。

「本当に申し訳ありませんでした。すべてわたしどもの誤りです」

亜澄は素直に低頭した。

由良は黙った。わき上がった怒りを抑えているように見えた。

「なんか狭い部屋に閉じ込められて、ふたりの刑事にわけのわからないこと矢継ぎ早に訊かれて……」

眉間にしわを寄せて由良は言った。

「わけのわからないことと言いますと？」

亜澄は静かに尋ねた。

「いや、荒唐無稽な話ですよ。僕のシンバルの音が三浦さんを殺しただの、周波数感応装置はどこで手に入れたんだなど、あの人たち頭がどうかしているんですか？」

由良は小馬鹿にしたように言った。

「なにかむかしの映画から思いついたようです」

亜澄は困ったように答えた。

「知っていますよ。その映画。クリスマスにコンサート会場に爆弾が仕掛けられていてラベルの『ボレロ』のシンバルから出た音をキャッチして起爆装置が作動するって話ですよね。まったく以て荒唐無稽ですよ」

吐き捨てるように由良は言った。

「やっぱり荒唐無稽なんですね」

亜澄の問いに、得たりとばかりに由良は答えた。

「シンバルの音は複雑ですからね。決してひとつの周波数で鳴るわけじゃないんです。いくつもの音が複雑に合わさっているんです。だから、シンバルの音だけに反応する起爆装置なんて作れるわけがありませんよ。たとえばある一定以上の音量でキャッチするとスイッチが入るというならあり得るかもしれないですけどね。でも、そんな装置だったとしたら、交響曲なら何度も作動しちゃいますよ。あれはあくまでフィクションですよ。それを実際に起こった事件に当てはめようとするなんて僕には笑い話にしか思えませんよ」

由良は皮肉な笑いを浮かべた。

「わたしも捜査会議で思わず『映画の見過ぎ』って言っちゃってえらい人に怒られました」

亜澄は照れたように言った。

「本当にそんなこと言ったんですか」

目を見開いて由良は言った。

「ええ、この人、そばにいてハラハラするんですよ。えらい人がそろっている場面で言わなきゃいいこと言っちゃうもんだから」

この話は事実だ。及ばずながら元哉は援護射撃をした。

「へぇ、おもしろい人だな。小笠原さんって」

ずいぶんと好感度が上がったようだ。

「それでたぶんいろいろと損してると思うんですけどね。つい本音が口から漏れちゃうんですよ」

亜澄は照れたように笑った。

「いいなぁ、そういう性格の人」

嬉しそうに由良は言った。

「でも、警察官としては失格なんですよ」

元哉が言うと亜澄は「えへへ」と笑った。

亜澄が自分の感情に素直で本音をよく漏らすのは事実だ。それは警察官としての欠点だと思う。

だが、逆に考えると、すぐれた警察官は人として好ましくない行動を取るべきという結論になるのかもしれない。元哉としては複雑な思いだった。

「同僚からも失格と言われるわたしですが、三浦倫人さんを襲った犯人を明らかにしたいという気持ちに燃えています」

亜澄はちょっと大げさな感じで言った。

「犯人を捕まえてください」

由良の両目にはつよい光が宿っていた。

「わたしにできる限りのことはするつもりです」

亜澄はきっぱりと言い切った。

「小笠原さんの言葉は信じられる気がします」

期待のにじんだ顔つきで由良は言った。

「由良さんと三浦さんとはお親しかったんですか」

やんわりと亜澄は尋ねた。

「親しいって言うか……実の兄のように思っていました。僕はひとりっ子で兄がいないから余計そう思えたんでしょう。三浦さんが一回り以上も歳上ということもあって、僕はどうしても三浦さんに甘えてしまっていました」

由良は頬をうっすらと染めた。

「オーケストラメンバーの仕事に甘えというものがあるのですか」

亜澄は首を傾げた。

「仕事のことではありません。僕たちの仕事に求められる課題はまずは技術を磨いて最高の音を出すことです。次にメンバーと一緒に最高のハーモニーを生み出すこと。さらに、指揮者の先生の解釈をじゅうぶんに理解して、各パートに求められていることに応えることだと思っています。結果としてすべての聴衆に満足して頂ける音楽を演奏することにあります。そこには甘えは許されません」

厳しい顔つきで由良は堂々と言い放った。

プロの顔だなと元哉は思った。

「厳しいお仕事だと思います。では、甘えというのはどんなことでしょう」

亜澄の問いに由良はわずかの間、沈黙した。

「僕は打楽器奏者として一流となるべく日々を送っています。その一方で、指揮の勉強もしているんです」

まるで秘密を明かすような顔つきで由良は言った。

「指揮者になることを目指しているのですね」

「その能力が僕にあればの話ですが」

由良は少し声を落とした。

「打楽器奏者から指揮者になる道もあるのですね」

亜澄の問いに由良は深くうなずいた。

「たしかに器楽演奏者から指揮者になる音楽家のなかで、いちばん多いのはヴァイオリニストです。とくにコンサートマスターから指揮者になる音楽家は少なくありません。でも、打楽器奏者出身の指揮者も何人もいます。ベルリン・フィルハーモニー管弦楽団の首席指揮者兼芸術監督だったサー・サイモン・ラトルや、エストニアの名指揮者ネーメ・ヤルヴィ、このふたりはいまも活躍なさっています。古いところだとシカゴ交響楽団の音楽監督だったフリッツ・ライナーですね。日本人にとって有名なのは、やはり故人ですが、NHK交響楽団正指揮者だった岩城宏之先生ですかね」

歌うような調子で由良は言った。

「ごめんなさい。わたし、クラシックのことには暗くて……岩城宏之さんの名前は知っています」

亜澄は肩をすぼめた。

正直言うと、元哉はクラシック音楽にはほとんど興味がない。岩城という指揮者の名前も知らなかった。

「いえ、いいんです。クラシックファンの数は限られていますから。指揮者への夢については僕自身、不安も多いのです。指揮法の勉強はとても難しく、まずは深い音楽理解と哲学を持たなければなりません。それにすでに三〇代となってしまっています。指揮者への遠い道のりを考えると絶望しそうになるときもあります。そんな内心の悩みを打ち明けられるひとは三浦さん以外にはいませんでした。そんなときに三浦さんはいつも『自分は父親もいないなかで音大へ進んだ。音楽への不安は君よりも大きかった。でも、ひたすら音楽を愛してここまでやってこられたんだ。音楽を真剣に愛し続ければ君も音楽の神から愛されるよ』と明るい声で励ましてくれました。また、指揮法についてのレクチャーも個人的にしてくれました。どれほど感謝してきたか」

　言葉を切った由良の目にはうっすらと涙がにじんでいた。

「由良さんは三浦さんに愛されていたのですね」

　亜澄の声もわずかに震えた。

　だが、由良は静かに首を横に振った。

「いえ、僕が特別に愛されていたというわけではありません」

「そうなのですか」

　亜澄は驚きの声を上げた。

「三浦さんはオケの誰にも同じように愛情を注いでいらっしゃる方でした。言葉を換えれば公平な方だったのです。メンバーの力量やそのときの状態を客観的に見ておられた。もちろん、演奏の評価にもえこひいきがないのです。だから、楽団員は誰もが三浦さんを信頼していました。ただ、ほかのメンバーは僕のように頼ったりしてなかったんです。

僕だけが甘えていたのかもしれません」

由良ははにかむような表情を見せた。

「コンサートマスターさんはメンバーのトップなんですよね」

「もちろんトップですが、オケのリーダーなのです。そんなコンマスにえこひいきがあれば、楽団員のこころはバラバラになってしまいます。そのうちに演奏が荒れてきます。でも、三浦さんに限ってそんなことは絶対になかった。三浦さんが僕たちになにかの注意をするときには、注意されたほうも、必ず自覚できる問題点があったのです。だから、みんな三浦さんに注意されて感謝することはあっても恨むことなどはありませんでした。オケメンバーの誰に訊いても同じ答えが返ってくるはずです。注意の仕方も『何小節目のピチカートがちょっと荒いね。なにかつらいことがあったのかな』みたいに相手を思いやる気持ちにあふれていました」

由良の声は湿った。

相木の言葉と同じだ。オケメンバーのなかで三浦を恨む者は見つかりそうにない。

「里見先生と三浦さんの関係はどうでしたか」

亜澄は質問を変えた。

「はい、とてもいい関係でした。信頼し合っているというか。それに僕たちオケメンバーは三浦さんなくしては里見先生についていけなかったんです」

声を落として由良は言った。

「どういうことですか」

「里見先生はリハでもあまり具体的に指示をなさらないのです。いつも詩のようなお言葉を僕たちにくださいます。先生は詩人なんです」

「もうちょっと詳しく教えてください」

「たとえば、楽章の始まりの弦パートに『静寂な夜明けの湖水にかすかな南風が吹いて十六夜の月が揺れているように』なんて指示を出すんです」

由良は静かに笑った。

「ええっ、意味がわかりません」

亜澄は言葉を失った。

もちろん元哉にもちんぷんかんぷんだった。

「僕だってわかりませんよ」

由良はのどの奥で笑った。

「困りますよね」

亜澄の言葉に由良はうなずいた。

「以前は多少は解釈をお伝えくださったんですが、とくにここ二年くらいはそういう詩的な言葉を提示されてそれっきりなんです」

由良は眉を八の字にして情けない顔で言った。

「皆さん、どうしているんですか」

元哉も亜澄と同じ質問をしたかった。

「幸いなことに、三浦さんが翻訳してくれていたんです。と言っても言葉ではなく弓の動きで引っ張ってくれるんですね。いまの言葉だったら静寂な夜明けの湖水は序奏はことさらに抑えめに、かすかな南風は経過部分を静かに盛り上げて弾け、十六夜の月は第一主題をことさらに名残惜しそうに弾くようにっていうような指示なんです。もちろんもっと複雑なニュアンスなんですよ。僕のレベルじゃ言葉にできません」

由良は頰をゆるめた。

そんな謎かけや禅問答のような指示が出されるのでは、楽団員はさぞかし大変だろう。

「木管や金管パートはどうなんですか」

たしかにヴァイオリニストの三浦が管楽器奏者への指示を翻訳するのは難しいだろう。弓で表現するのは困難なのではないか。

「先生はたとえばホルンに『酒杯を手にしたバッカスたちが愉快に足踏みするように』という指示を出したこともあります」

「なんです。それ？」

さすがに元哉も驚いて言葉が出た。

「これは、ある楽章の動機部分なんですけど、酒杯を手にするというのは期待感をこめて華やかに吹け、愉快に足踏みするというのは、それでもテンポをしっかりという意味ですね。そんなに単純なニュアンスではないですけど。ごめんなさい、僕の言葉ではやっぱり説明できません」

由良は肩をすぼめた。

「でも、三浦さんの弓だけでは伝えられませんよね」

亜澄は元哉と同じ疑問を持ったようだ。

「三浦さんは指示されたパートに目顔で知らせて、肩でテンポを取ってみたり、うなずいてみせたりするんです。うーん、これもちょっと違うな……」

由良は困ったように首を振った。

どのように伝えていたかは、元哉や亜澄には理解できない内容のようだ。

「それで里見先生は三浦さんの態度に満足していたのですか」

この亜澄の問いはもっともだ。里見の指示を三浦が曲解していたら不機嫌にもなっただろう。

「ほとんどの場合、上機嫌にうなずかれていましたね」

その心配はなかったらしい。

「それでもわからないときもあるでしょう」

亜澄はもっともな問いを重ねた。

「もちろんあります。そういうときは三浦さんが『いまの先生のご指示は、このように演奏すればよろしいのですね』と訊きます。すると先生はあらためて指示を出し直してくださいます」

由良はさらっと答えた。

「そんな指揮者ってほかにいるんですか」

不思議そうに亜澄は訊いた。

「多くはないと思いますが……名指揮者の伝説の名言はいくつも残っています。たとえば『気難しい貴婦人のドレスの裾を静かに持ち上げるように』って指示を出したのは、えーと誰だったかな。岩城先生じゃないし……」

由良は一所懸命思い出そうと首をひねっている。

元哉は驚きっぱなしだった。

里見がとくに変人というわけではないのだ。

オーケストラの世界というのは、元哉からはひどく遠いところにあるように感じた。

管理官が捜査会議で『では、鑑取り班は、酒杯を手にしたバッカスたちが愉快に足踏みするように行動しろ』などと言ったら……元哉は必死で笑いをかみ殺した。

刑事たちがビール缶を片手に肩を組んで通りを横歩きに足踏みしてしまいそうだ。

「難解な指示を出されるとオケの方は大変ですよね」

亜澄は同情するような声で言った。

「でもね、僕たちにとってはいつも不機嫌な指揮者がいちばん大変なんですよ。ある客演指揮者の方なんて演奏が終わると、なにも言わずにぷいと舞台から出て行ってしまって……僕たちはなにが悪いのかわからずに困り果てました」

由良は顔をしかめた。

「そんな指揮者がいるんですか……なんてお名前の先生ですか」

「まぁ、その頃のオケメンバーは誰でも知っていることですが……ここだけの話にしてくれますか」

由良は亜澄の目を覗き込むようにして訊いた。

「もちろんです。刑事は口が堅いです」

亜澄は笑顔で答えた。

「壬生《みぶ》高雄《たかお》先生という方です。里見先生より少し歳上ですが、おふたりは古くからのご友人です。うちで客演指揮をなさることになったのも里見先生のご紹介です。ただ、もう何年か前に引退なさっています。里見先生はそういったことは絶対になさらないので、僕たちはいつも安心していました」

由良はきっぱりと言った。

「里見先生は気難しい方とも聞きましたが」

「口数が少ないから気難しくも見えます。こういう言い方は失礼ですけど、いつも感情の安定した温厚な先生ですよ。ただ、三浦さんがいなくなって、先生との関係を僕たちはこれからどうしていいのか」

途方に暮れたような表情は相木とよく似ていた。

「実は相木さんもそれに近いことを言っていました」

亜澄も元哉と同じことを考えていたらしい。

「相木さんに会ったんですか。素晴らしいステマネさんですよ。僕たちもあの人のおかげでどれだけ助かっているかわかりません」

由良は相木を信頼しているようだ。

「三浦さんと相木さんの関係は良好でしたか」

畳みかけるように亜澄は訊いた。

「コンマスとステマネとしては最高の関係だったと思いますよ」

しみじみとした声で由良は言った。

「わたしも相木さんにはホールのことなど、いろいろ教えて頂きました。ところで、里見先生はこれからも新日本管弦楽団を率いてゆかれるのでしょうか」

「里見先生はご高齢でお身体もあまり丈夫でないので、ご自分でもそろそろ引退するようなことを音楽誌のエッセイに書いていらっしゃいました。三浦さんを亡くしたいま、ご引退のお気持ちは固まったかもしれませんね」

由良は淋しそうに言った。

「里見先生が引退なさったら、新日本管弦楽団の常任指揮者はどなたになるんですか」

亜澄は平らかな口調で訊いた。

「三浦さんしかいなかった。それは誰もが思っていることです。高名な指揮者を招請するだけの財力はうちにはないと思います」

由良はちょっと顔をしかめて笑った。

「失礼な質問かもしれませんが、新日本管弦楽団の経営はうまくいっているのでしょうか」

遠慮がちに亜澄は訊いた。

「悪くないと思いますよ。定期演奏会もいつも満席ですし……給料は安いですけどね。でも、詳しいことは知りません。詳しいことは事務局長の石川《いしかわ》さんに訊いてください」

由良はさらりと言った。

「石川さんですか」

事務局について元哉たちは詳しく把握していなかった。

「ええ、石川宗佑《そうすけ》さんっていって、もう一〇年以上前から事務局長をしています。あの人はうちのオケの経理のことはすべて把握していますから」

「事務局はどこにあるんですか」

亜澄は身を乗り出した。

「うちは鎌倉をホームグラウンドとしていますので、事務局は小町大路沿いにあります。そこが楽団所在地となっています」

「それならわかります」

当然ながら警察で楽団所在地は把握している。

「僕の名刺にも住所と電話番号が入っていますので」

由良はかたわらのセカンドバッグから青いレザーの名刺ケースを取り出した。

名刺をもらっておくのはプラスになる場合もあるだろう。

元哉たちが渡されたのはシンプルなアート紙の白い横書き名刺だった。

名刺の下部に鎌倉市小町一丁目の住所と電話番号、メールアドレスが記載されていた。

「助かります」

頭を下げて亜澄は名刺を受けとった。

「嫌な思いをなさるかもしれませんが、事件前日の金曜日の夜はどちらにいましたか」

亜澄はやわらかい声で尋ねた。

「八時過ぎにゲネプロが終わってから、藤沢駅で食事してからまっすぐ自宅へ戻って寝ました」

　不機嫌な声で由良は答えた。

「お店の名前は覚えていますか」

　めげずに亜澄は問いを重ねた。

「もちろんです。藤沢駅南口の《ささむら》って居酒屋です。よく行く店なんです。九時頃から一〇時半くらいまでは飲んでたかな。警察でも何度も話しましたが、僕にはアリバイはありません」

　いくらか尖った声で由良は答えた。

「すみません、これが仕事なもんで」

　亜澄は肩をすぼめてみせた。

「もう慣れました。ほかのオケメンバーも似たり寄ったりだと思いますよ。みんな本番に備えて早く寝ているはずです」

　平静な口調で由良は答えた。

　由良はそれほど機嫌を損ねてはいないようだ。

　いずれにしても由良にアリバイはないことになる。

「今日はお時間を頂き本当にありがとうございました。ぜひ一度、由良さんの演奏をお聴きしたいです」

まんざらお世辞でもない調子で亜澄は言った。

「そうですね、僕も小笠原さんと吉川さんには演奏を聴いて頂きたいです。そのときはご案内しますよ」

出会った最初と比べると、由良はずいぶんと朗らかだ。

「どうぞよろしくお願いします。楽しみにしています」

亜澄はにこやかに言った。

元哉たちは《茶夢》の店先で由良と別れた。

「なんかいい人だったよね」

由良の姿が消えると、亜澄はそっと言った。

「そうだな、情熱的な音楽家って感じだったな」

元哉もまっすぐに音楽を愛する由良には好感を持った。

「三浦さんの評判は完璧だね」

「ああ、温厚な上に相当な人物だな」

少なくともオケメンバーに三浦を恨む人はいないとの感触ははっきりしていた。

「ね、どっかでお昼食べてから、鎌倉に戻ろう」

弾んだ声で亜澄は言った。

「このあと、どこへいくつもりなんだ」

「もちろん、事務局だよ。石川さんって人に会ってみなきゃ」

「まぁ、小町なら鎌倉署に近いからな」

今夜もどうせ鎌倉署の柔道場に敷き連ねられた薄っぺらいレンタル布団で眠るしかないのだ。

元哉たちは藤沢駅へ出て駅前のダイヤモンドビルの地下にある古い中華料理店で焼きそばやラーメンを食べてJRで鎌倉駅に戻った。

2

新日本管弦楽団の事務局を目指して元哉たちは小町大路を海の方向へ向かって歩いていた。

石川宗佑とのアポは午後二時半にとれていた。

のんびり歩いて行くとちょうどよい時間だ。

鎌倉署にもほど近い場所なので、この通りは何度か歩いている。だが、通りの名は初めて知った。観光客の姿も少なく、静かできれいな住宅地内の生活道路といった印象だ。

「俺は小町通りかと思ってたよ」

鎌倉駅から鶴岡八幡宮方向に延びている小町通りは、飲食店や土産物屋などが建ち並びいつも観光客でごった返している。

「あっちは新しいんだ。この通りは鎌倉時代から続く由緒ある通りなんだよ」

亜澄は得意げに鼻を鳴らした。

大路という名とは裏腹にクルマのすれ違いがやっとという幅員しかない。若宮大路とは大違いだ。鎌倉時代はこれでも大路という感覚だったのだろう。

マップで調べておいた写真のビルが右手に現れた。

「あれじゃないか」

元哉は五〇メートルほど先の道路右手を指さした。

「ん、あのおんぼろビルだね」

元哉と亜澄はそのビルへと足を速めた。

新日本管弦楽団の事務局は、少なくとも半世紀以上は経っていると思われるRC造三階建てのちいさなビルだった。

あたりの小ぎれいな住宅のなかで際だって老朽化して見える。まわりの家屋は時代に伴って建て替えられてきたのかもしれない。

白錆が目立つアルミドアの前に立って亜澄が呼び鈴を押すと、すぐにグリーンのポロシャツ姿の若い女性が顔を出した。

左胸に《ＮＪＯ》の縫い取りがあるので、新日本管弦楽団の制式ポロシャツなのだろう。

亜澄が警察だと名乗ると、女性はちょっと緊張した表情で室内に招じ入れてくれた。

二階の通りに面した応接室に元哉たちは通された。

濃茶の板壁にはコンサートのポスターが何枚も貼ってある。

指揮者はすべて里見義尚で都内の大手ホールが会場のコンサートのものが多いが、すでに終了した公演ばかりだった。

いくらかくたびれたホワイトレザーのソファに座って元哉たちは石川を待った。

古いエアコンのうなりを気にしていると、案内してくれた女性と同じポロシャツを着た五〇年輩の痩せた男が現れた。

細い目と薄い唇が神経質そうで生まじめな印象を与える。

七三に分けた髪にはぽつぽつと白いものが交じっていた。

「ようこそお越し下さいました。事務局長の石川でございます」

石川は名刺を二枚、元哉たちに差し出した。

「お時間を頂いてすみません、鎌倉署の小笠原です」

ソファから立ち上がって亜澄は愛想よく名乗った。

「鎌倉署はお近くですね。ご近所さんとしてよろしくお願いします」

親しげな笑みを浮かべて石川は言った。

「そうですね、一キロもない場所です」

にこやかに亜澄は言った。

「捜査一課の吉川です」

元哉も名刺を差し出した。

「横浜からわざわざお越しですか。ご苦労さまです」

笑顔を絶やさずに石川はねぎらいの言葉を口にした。

「いえ、いまは鎌倉署に出張ってきています」

元哉はさらりと答えた。刑事としてこんなていねいな応対に慣れていない。

さすがにクラシックに携わる人は品がいい。

案内してくれた女性が蛸唐草の茶碗に緑茶を入れて持って来てくれた。

「新日本管弦楽団と三浦さんについてお伺いしたいことがありまして」

亜澄はさっそく用件を切り出した。

「わたしでお役に立てますことでしたらなんなりと」

いくぶん緊張した面持ちで石川は答えた。

「最初から失礼な質問で恐縮なのですが、新日本管弦楽団の経営状態は良好なのでしょうか」

亜澄は訊きにくいことをずばりと尋ねた。

「ひと言で言ってまずまずと言ったところでしょうか」

おだやかな表情を崩さずに石川は答えた。

「まずまずですか」

亜澄の相づちに石川はかるくうなずいた。

「ご承知かもしれませんが、我が国のオーケストラは楽に運営しているところはほとんどありません。クラシックファンは人口の一パーセント前後というのが定説です。日本の人口は一億三千万人に満たないのです。一パーセントとなると全国で一三〇万人はいないわけです。そのうちどれほどの方がコンサートに足を運んでくださるでしょうか」

石川は肩をすくめた。

「思ったより少ないんですね」

元哉は自分が九九パーセントと知って安心の声を出した。

クラシックは日本人にとって一般的な趣味ではないのだ。

この勘違いは学校の音楽教育のせいかとも思う。音楽の授業では何度もクラシック音楽を聴かされた。いまは知らないが、元哉が子どもの頃には音楽の授業でＪ‐ＰＯＰやアニソンなどを聴いた覚えはない。

「もっと具体的なお話をしましょう。うちは四〇回ほどの自主公演と五〇回強の依頼公演を合わせて年間九五回ほどの公演を行っております。それらの事業活動収益の合計は一〇億円弱です。文化庁や基金からの公的支援も二億円ほど受けており、また助成団体からも助成を受けております。ですが、必要経費も大変な金額になります。公益社団法人日本オーケストラ連盟に所属するプロオーケストラのなかでは、まん中よりちょっと下といったところです。が、そこから七三人の給与を払うのは本当に大変なことです」

石川は眉根を寄せた。

「オケメンバーへ支払う給与はどれくらいですか」

亜澄はまたも訊きにくいことを訊いた。

「本当はお教えしたくないのですが、平均して六七〇万円強です。まぁ、多いほうではないですね」

言葉とは裏腹に石川はさらっと答えた。

元哉は驚いた。警察官とさして変わらないではないか。

クラシックの音楽家は優雅な職業だから、最低でも一〇〇〇万円くらいは稼いでいると思っていた。ちいさい頃から大変な練習を重ね、高度な音楽教育を受けているのに……。

「楽団員は人によって給料が違うんですよね？」

亜澄は問いを重ねた。

「これはオケによって異なりますが、うちは一般楽団員は同一給与となっています。コンサートマスターはどこのオケでもトップの給与を支払っています。また、各パートの首席演奏者も一般楽団員よりは高いです。まぁ、ソリストとしての活躍をしている楽団員はほかにもたくさんの収入があると思います。音楽家は支出も多いので、給与だけでやっていけない楽団員がほとんどです。そこでみんなが教室での指導や個人指導、依頼された演奏などの仕事をして副収入を得ているのが実情です。収入のことだけを考えていたらオケメンバーなんてのは割に合わない仕事ですよ。みんな水準の高いオーケストラに所属して素晴らしい演奏をすることや、一流の指揮者の指導の下で自分を磨くことに生きがいを感じているから耐えられるんです」

石川はしみじみとした口調で言った。

クリエーター系の仕事には多かれ少なかれそういう面があるようだ。

つまりやりがいが、つらい仕事に耐える力を支えるらしい。

それが悪い方向に出たケースが、最近は「やりがい詐欺」などと呼ばれている。

「やはり、新日本管弦楽団員であることは、オケメンバーの方々の誇りなのですね」

亜澄の言葉に、石川の表情が明るくなった。

「うちは日本管弦楽団としては昭和五年、つまり一九三〇年に鎌倉で設立されました。九〇年以上の歴史を誇るのです。しかし、一九六〇年に経営状態の悪化から解散の憂き目に遭いました。鎌倉を根拠地とするオーケストラの復活を望む多くの人々の力で、八年後の一九六八年に新日本管弦楽団として再興されました。その後も経済面から何度も閉団の危機にさらされましたが、なんとか乗り切って参りました。まもなく新日本管弦楽団となってからでも五五周年となります」

石川は胸を張った。

「伝統あるオーケストラなんですね」

亜澄は素直な賛辞の言葉を口にした。

「本当のことを言いますと、うちがまずまずの状態となったのは、一一年前の二〇一一年からなのです。ミレニアムの頃からうちの経営状態は右肩下がりに悪化しました。うちを見限ってよそへ移るメンバーも増えていったのです。そこへ救世主が現れました」

もったいぶった口調で石川は言った。

「里見義尚先生ですね。相木さんから伺いました」

亜澄の言葉に石川は明るい顔でうなずいた。

「ああ、相木さんにもお会いになったのですね。彼には本当にお世話になっています。彼がいなければうちの鎌倉でのコンサートは成り立ちません。三浦さんも相木さんとはツーカーの仲でした。相木さんは素晴らしいステマネです。オケメンバーの誰もが相木さんを頼っていました」

ここでも相木の評判はよい。

「相木さんは、里見先生はえらすぎるから話しにくいというようなことを言っていました」

亜澄を見て石川はおもしろそうに笑った。

「その通りです。里見先生は本来ならうちみたいなオーケストラの常任指揮者になるようなお方ではないのです。チェコ交響楽団の常任指揮者や、チューリヒ・フィルハーモニー管弦楽団の主任指揮者兼音楽監督までつとめた方です。数々の栄誉ある賞に輝いた指揮者です。チェコ交響楽団に所属したときには、歴史に残る名指揮者アンドレイ・マコフスキーに大きく評価されていたヴァイオリニストでもありました。ベルリン・フィルやチェコフィルなどの世界最高のオーケストラにも客演指揮者として何度も招かれています。本当なら欧米の一流オーケストラの主任指揮者などに就くべきお方なんですよ。ところが、先生は一九七二年から五年間、うちの楽団員でした。ヴァイオリニストだったのです。日本芸術大学の研究生だった駆け出しの頃です。先生は『自分を音楽家として世に出してくれたのは新日本管弦楽団だから最後はここで仕事をしたい』とおっしゃってくださいました。ありがたいお話です」

まるでその場に里見がいるかのように石川は頭を下げた。

「新日本管弦楽団にとっては恩人というわけですね」

亜澄の言葉に、石川は得たりとばかりにうなずいた。

「人格者でもある里見先生が常任指揮者となってくださったおかげで、先生を敬愛する優秀な演奏家の入団もどんどん増えました。たとえば里見先生のお嬢さまの里見彩音《あやね》さんはソリストとして大活躍していらっしゃいましたが、三年前に入団なさってうちの第二ヴァイオリン首席奏者となっています。ほかにもソリスト級の音楽家が何人もメンバーとなりました」

石川の声は朗々と響いた。

ヴァイオリン奏者の彩音とは、里見宅で電話に出た女性のことだろう。

「三浦さんも里見先生と一緒に仕事をしたくて楽団員になった方なのですか」

亜澄の問いに、石川は首を横に振った。

「いえ、三浦さんは逆です。彼は里見先生が常任指揮者に就任なさる直前にコンサートマスターに昇格したのです。それで先頭切って里見先生の招聘運動を始めました。うちは財団法人なので五名の理事がおりますが、理事たちにも直談判して同意を得ました。里見先生も三浦さんの依頼があったので請けられたという側面もあるのです。そのおかげで、うちは我が国のみならず欧米からも注目されるオーケストラへと成長できたのです。自主公演も依頼公演も大ホールで満席という結果を得られるようになりました。苦しいとはいえ新日本管弦楽団がやってゆけるのは里見先生のおかげなのです」

石川は背を伸ばして堂々と言った。

「里見先生のお力で新日本管弦楽団は安泰なのですね」

亜澄の言葉に、石川は急に元気のない顔になった。

「ですが……里見先生は健康がすぐれないという理由で、ここ一年ばかり指揮を渋っていることが多いのです。ある音楽雑誌には近い将来の引退を考えているとも書いておられます」

冴えない顔で石川は言った。

「なにか大変なご病気なのですか」

石川は首を横に振った。

「はっきりした持病があるとは聞いていません。気力の衰えでしょうかね。七四歳という年齢は個人差があるようですからね。指揮者はものすごく気力と体力を奪われる仕事ですし」

里見については十分な情報を得た。

「三浦さんのご家族について伺いたいのですが」

亜澄も同じように思ったのだろう。捜査会議では独身だと言っていたはずだ。

「家族はいないです。ご両親はとっくに亡くなっています。二〇代終わりの頃にフランス人の音楽家とヨーロッパで結婚しましたが、三年ほどで別れていてその方は日本にはいません。離婚後はずっとおひとりです。ご兄弟もいません」

家族関係については孤独な人物だったようだ。

「友人関係はどうですか」

畳みかけるように亜澄は訊いた。

「わたしは詳しくは知りませんが、楽団員を含めて音楽家以外との交流は少なかったものと思います。なにしろ自分の練習と楽団員の指導に熱心な方だったので、三六五日、音楽から離れることはなかったんじゃないんでしょうか。遊ぶ時間なんてなかったと思います。音楽一筋の人だったのにこんなことになるなんて……」

力なく石川は首を横に振った。

「聞きにくいことですが、三浦さんに悪い噂などはなかったんですよね。女性関係とか、大きな借金があったとか、あるいは誰かに悪口を言われていたとか」

亜澄は石川の目を覗きこむようにして訊いた。

「まったく聞いたことはないです。なぜ、三浦さんがこんなことになったのか、わたしにはどうしてもわかりません」

石川はきっぱりと否定した。

「三浦さんの死は、石川さんにとっても打撃ですよね」

重ねて亜澄は問いを発した。

「もちろんです。わたしと新日本管弦楽団としては言葉にできないほどの大きな衝撃でご健康にも不安を抱えていらっしゃいます。遠からぬ日に引退なさるでしょう。里見先生がご自分の後継者としてお考えになっていたのは三浦さんにバトンを措いてほかにないのです。里見先生ご自身が三浦さんにバトンを渡したいとおっしゃっていました。このことは楽団員なら誰もが知っていることです。楽団理事たちもそのように話し合っていました。コンサートマスターは里見彩音さんがつとめるとしても……そちらはまだなんとかなるとして、指揮者はこれから探すしかないと思います」

石川は眉を八の字に寄せた。

「最後に念のためのお尋ねですが、事件前日の金曜の夜はどこにいましたか」

亜澄はやわらかい口調で訊いた。

「コンサート前夜ですからね。ゲネプロから帰ってきたのが八時半過ぎですね。それからはここで細かい最後の仕事をしていました。午前〇時くらいにすぐ裏の仮眠室のベッドに入って休みました」

石川は緊張した顔つきで答えた。

アリバイを問われているのだから、あたりまえのことだ。

「ここにいたときはひとりでしたか」

亜澄は念を押した。

「はい、家族は横浜に住んでいますので」

石川にはアリバイを証明する者はいないということになる。

「ありがとうございました」

亜澄は目顔で追加質問を求めたが、元哉は首を横に振った。

「またお伺いするかもしれません」

亜澄に合わせて元哉も立ち上がった。

石川は一階の出口まで元哉たちを送ってくれた。

「どうか刑事さん、犯人を早く捕まえてください。お願いします」

別れしなに石川は深々と頭を下げて頼んだ。

元哉たちはいったん鎌倉署に戻ろうと、小町大路をふたたび海方向へと歩き始めた。

変わったかたちの青銅らしき屋根の仏堂のところで曲がって、突き当たりに若宮大路が左右に走っているのが見える道に出た。

「石川さんのおかげで新日本管弦楽団についていろんなことがわかったね」

亜澄は明るい声で言った。

「ああ、いまの楽団の活躍は里見さんの力で導かれたんだな」

「それから、三浦さんの死が、楽団にとってどんなに痛手かもよくわかった」

「だけど、楽団周辺には三浦さんを恨む者がいないってのが結論だな。恨んでいる人間もいないようだし、彼が死んで得する者も誰もいないよな」

　元哉は冴えない声で答えた。

「たしかにね……。まぁ、ほかの人の話も聞いてみなきゃ」

　亜澄はいつもどこか楽天的だ。そこが彼女のつよさになっているような気がする。

　若宮大路まであと一歩というところで、亜澄の携帯に着信があった。

「はい、小笠原の携帯です」

　相手の声は聞こえない。さっき音漏れしたのはやはりスマホ端末の耳への当て方のせいだったのだろう。

「そうですか、ぜひお目に掛かりたいです。ご住所はこちらでわかります。扇ガ谷一丁目ですよね。いま本覚寺の近くにいます。これから伺います」

　弾んだ声で亜澄は電話を切った。

「どうした？　誰かが会ってくれるのか？」

　元哉へ顔を向けて亜澄はにっと笑った。

「里見先生のお嬢さん、彩音さんだったっけ……先生の調子がよくなったから、これから自宅に行ってもいいって」

　里見義尚の住所も捜査本部では把握していた。

「そいつはラッキーだな」

今日はかなりツイている。半日がかりで誰にも会えない日だってあるのだ。

亜澄はいたずらっぽい顔でスマホをいじっている。

「ねっ、見て、里見彩音さんってすごい美人だよぉ」

亜澄は元哉にスマホの画面を突きつけるようにして見せた。

黒いロングヘアの色白細面の女性の姿が映っている。

元哉はちょっと興味を引かれる一方で亜澄の態度にうんざりした。

「それがどうした」

あえて元哉は亜澄から目をそむけて答えた。

「あんまりヘラヘラしないでね」

小馬鹿にしたように亜澄は言った。

「失礼なヤツだな。俺がいつヘラヘラしたんだよ」

元哉は憤然と答えた。

「なら、いいんですけどぉ」

亜澄は鼻の先にしわを寄せて笑った。

まったくムカつく女だ。元哉をからかうことを楽しみにしているようだ。

元哉は返事もせずに若宮大路に向かって足を速めた。

3

マップで見ると里見邸は、鎌倉駅の西北五〇〇メートルほどの位置にあった。

平塚で言えば、いまはスターモールと呼んでいる駅前商店街の端っこくらいの場所だ。

だが、平塚と鎌倉では駅前の雰囲気は、こうも違うかと思うほどの開きがあった。

今小路という名前の通りのアパートの角を左に曲がると、立派なお屋敷が次々に現れる。

正面には丘の緑が風に揺れキラキラと光っていて、お屋敷の庭木からはミンミンゼミの声が響いてくる。

「こういう風に谷が深く切れ込んでいる地形を谷戸《やと》っていうんだけど、旧鎌倉のいい住宅地はたいてい、こうした谷戸沿いに建てられているんだ」

前方の丘に目を向けて歩きながら亜澄が言った。

「なんだか、このあたり雰囲気のある家ばっかりだな」

奥へ進むにつれて、由比ヶ浜にも増していい家が建ち並んでいる。

「そうでしょ、二階堂や雪ノ下と並んで扇ガ谷地区は旧鎌倉でもとくにシックな住宅地だもの」

自分をほめられたかのように亜澄は嬉しそうな声を出した。

「金持ちばかり住んでいそうだな」

どう考えても自分が住めるような場所には見えない。

「ここはね、何人もの文学者が住んでた場所だったんだよ。文豪の里見弴、『ビルマの竪琴』の竹山道雄、『事件』の大岡昇平、『汚れっちまった悲しみに』が有名な詩人の中原中也、ほかにもまだまだ大勢の鎌倉文士がこの扇ガ谷を愛したの」

うっとりしたような声で亜澄は言った。

文学などに縁のない元哉も『ビルマの竪琴』や『事件』はサブスクで映画を見ていた。また中原中也をモデルとしたキャラが登場する映画『文豪ストレイドッグスBEAST』も見ていた。

なるほどこの静けさはそんな名作を生み出すような土地ではあるような気がする。

「小笠原は鎌倉のこと、ほんとによく知ってるな。すげーな」

お世辞ではなく元哉は感心していた。鎌倉観光ガイドなんかができるのではないか。

「ほら、自分の育った環境とすごく違うから憧れるんだよね。鎌倉ってさ」

亜澄はちょっと照れたように答えた。

この感覚は、亜澄の近所で育った元哉には肌で理解できた。

さらに奥に進むと、お屋敷の木々は増えてきて、セミの鳴き声も何種類も重なるようになってきた。

陽が傾いているばかりでなく、丘や庭木から吹く風のおかげでかなり涼しい。

「そろそろなんだけどな」

亜澄はスマホを覗き込んで言った。

ちょっとしたカーブを曲がったところで、亜澄の足は止まった。

「なんだ?」

元哉は亜澄を注視した。

「ここみたい……」

亜澄は言葉を失って、右手の方向を指さした。

「こ……れ……か」

元哉の声はかすれた。

背後に豊かな緑の林を背負って小高い丘の上に二階建ての巨大な洋館が鎮座している。

洋館はこけら葺きの屋根に左右非対称の構造で、建物の左にはなだらかな尖塔を持つ六角堂のような部分が抜群の存在感を示している。

はっきりとはわからないが、一〇〇年近くは経過している建物のように思われた。

まるでアガサ・クリスティーかなにかのミステリー小説に出てくる豪邸のようなたたずまいである。

がっしりとした石造りの門柱の向こうは芝生の前庭となっており、石畳がまっすぐに建物へ続いている。屋敷まで六、七〇メートルは歩かなければならない。

それ以前に渦巻きの模様の入った青銅の門扉が行く手をふさいでいて門内には入れない。

「どうやって入ればいいんだよ」

元哉は乾いた声を出した。

「そうだね……」

前回の事件で蘆名《あしな》盛雄《もりお》邸で驚いていた元哉に『豪邸にいちいち驚いてたら鎌倉じゃ仕事にならないんだよ』と言っていた亜澄も、さすがに気後れしているようだ。

だが、元哉はそんな亜澄を責める気にはなれなかった。

亜澄はスマホで屋敷内に連絡を取った。

五分ほどすると、ひとりの七〇歳前後の女性がゆっくりとした足取りで近づいてきた。

エプロン掛けしているところから見ると、この家の使用人らしい。

「いらっしゃいませ。いまご案内します」

女性はにこやかに門扉を開けて敷地内に招じ入れてくれた。

豪華な玄関にたどり着いた時点で、すでに元哉は気疲れしてしまった。

玄関を入ると白い漆喰壁とチョコレート色の柱や窓枠がとてもシックだ。

全体として直線を基調としたすっきりとしたスタイルで、押しつぶされるような威圧感は感じなかった。

「先生はご体調が芳しくないので、二階の書斎でお目に掛かるということでございます」

右手にスケルトン階段があった。踏み板は時代を経た濃い焦げ茶色だった。

二階に上がると同じようなインテリアの廊下が続いていた。

使用人らしき女性は玄関方向に曲がってふたつ目の両開きのドアをノックした。

「警察の方をご案内しました」

「お通しして」

女性が声を掛けると、いくぶんしゃがれた高齢らしい男性の声が返ってきた。

扉が開くと、一五畳くらいのスクエアな部屋だった。窓を背にして木製の両袖机が置かれてひとりの老人が座っていた。

すでにポスターなどで何度か見かけた顔だが、ちょっと雰囲気が違った。

黒く太いセル縁のメガネを掛けている姿は初めて見たので、そのせいかもしれない。

ベージュ色のシルクっぽいシャツに、白い薄手のコットンカーディガンを羽織っている。

かたわらの左手には薄緑色のブラウスに白いロングスカートを穿いた三〇代なかばくらいの女性が立っていた。シャツを飾る白いリボンがクラシックな印象を与える。

つややかな黒いロングヘアが肩先まで伸び、胸もとには真珠のネックレスが光ってい
た。
白い細面にすっと伸びたかたちのよい鼻。ふんわりとした唇は甘やかな笑みを浮かべ
ている。
左右のいくぶん切れ長の目はやさしく澄んでいる。見つめると元哉の心臓が高鳴って
くる。
まさにお嬢さまだ。古典的なファッションが少しも不自然ではない。たしかにかなり
の美人だ。
元哉の友人知人にこんな雰囲気の女性はひとりもいない。
「やぁ、どうも。ご苦労さま」
里見は右手をかるく上げて笑みを浮かべた。
鼻筋が通っている細面で、両の瞳はメガネの奥からでも知的な光を放っている。
若い頃は相当にいい男だったと思われ、娘の彩音と似ているともいえる。
銀色に光るちょっと長い白髪はいかにも音楽家らしいが、それほど気難しい感じには
見えなかった。唇は静かに笑みをたたえている。
「ようこそお越しくださいました。わたくし里見彩音と申します。新日本管弦楽団で第
二ヴァイオリンを担当しておりますが、最近は父の秘書役もつとめております」

彩音はゆったりとほほえんで名乗った。

「鎌倉署刑事課の小笠原と申します」

亜澄はいささか緊張した声で名乗った。

「そ、捜査一課の吉川です」

自分を見つめる彩音のせいで、元哉の舌はもつれてしまった。

「ご苦労さまです。父は身体がまだ本物ではありませんので、大変恐縮ですが慣れているこちらの椅子に座ったままで失礼致します。小笠原さまと吉川さまは、どうぞそちらのソファにお掛けくださいませ」

彩音は書斎机から二メートルほど離れたところに置いてあるモスグリーンのソファセットを指さした。

「ご体調のすぐれないところに申し訳ありません」

詫びながら亜澄がソファに腰をかけたので、元哉も隣に座った。

すぐにさっきの使用人らしき女性がジノリカップに入ったコーヒーとブールドネージュを持ってきた。

「ご遠慮なく召し上がってください」

彩音がにこやかに言ったので、元哉はブラックのままコーヒーに手をつけた。

亜澄は白くて丸い砂糖菓子をひとつつまんでコーヒーを飲んでいる。

元哉はコーヒーを飲みながら、室内を観察した。

窓が三面鏡のような位置にあるので、この部屋は外から見た六角堂の部分だとわかる。

部屋の右手には本棚とオーディオが置かれていた。

本棚にはたくさんの洋書が並んでいたが、当然ながら元哉には何の本だかわからない。

オーディオの近くにはＣＤやアナログレコードが整然と並んでいる。

ともあれ建物と同じように気品のある書斎だ。

「今日はどのようなお尋ねでしょうか」

机のかたわらに立ったままで口を開いたのは彩音だった。

「わたくしどもは土曜日の事件を担当しております」

亜澄が静かに答えた。

「ああ、三浦さん……なんで……あんなことに……」

彩音は言葉を途切れさせてうつむいた。

「事件を一日も早く解決するのがわたしたちに課せられた責務です。そこで、失礼なことを伺うかもしれませんが、お許しください。三浦さんを恨んでいる人に心当たりはありませんか」

里見に顔を向けて亜澄は訊いた。里見は首を傾げるような仕草を見せた。

「いるわけありませんわ。わたくしもそうですし、誰からも信頼され慕われていました」

彩音の頬はうっすらと染まっている。

いきなり失礼なことを訊く亜澄に対する怒りが湧いているのだろう。

里見は口を引き結んで黙っていた。

「里見先生はいかがでしょうか」

亜澄は里見への問いを重ねた。

「三浦さんを嫌っていた人なんていませんよね」

彩音が里見に顔を向けて訊いた。

彼女は発声がよく、言葉も明確に一語一語話す。

ヴァイオリンのほかに声楽でも習っていたのかもしれない。

「ああ、三浦を嫌う者などいるはずもない。素晴らしい音楽家であり、すぐれた人格を持っていた誠実な男だ。ことにわたしにはいつも尽くしてくれた。わたしは三浦を自分の息子のように思っていたんだ。君たちは知らないだろうが、わたしは三浦に呼ばれたから新日本管弦楽団に来たんだ。そのときはチェコ響の常任指揮者だった。いくつものオケから招聘があったが、自分の骨を埋めるのはＮＪＯだと決めた。オケの連中だって誰もが三浦を慕い、また頼ってもいたんだ」

里見は熱を込めて朗々と答えた。

「そのお話は事務局の石川さんから伺いました」

「そうかね」

　里見はそれだけ言って、亜澄の振った話には乗ってこなかった。

　あるいは里見は事務局とうまくいっていなかったのだろうか。

「先生は、石川さんや理事さんとの関係は良好だったのですよね」

　亜澄も同じことを考えたようだ。

　里見はまたも黙って首を傾げている。

「お父さまも、石川さんには感謝していますよね」

　彩音は里見に向かって念を押すように言った。

「ああ、石川はよくやっている。三浦も助かっていただろう。なにせＮＪＯは貧乏所帯だからな」

　里見は苦笑を浮かべた。

　元哉の考えは杞憂だったようだ。

「ステージマネージャーの相木さんも、三浦さんとは親しかったようですが？」

　亜澄はさらりと訊いた。

「三浦さんとステマネの相木さんもよい関係でしたよね」

　彩音は歯切れのいい口調で言った。

「相木くんか、いいステマネだ。三浦も彼を頼りにしていた。相木くんも三浦を敬愛していた。ふたりにはいい信頼関係が築かれていたな。わたしも相木くんには助けられていた」

やはり相木と里見や三浦の関係も良好だったようだ。

「失礼を承知で伺います。三浦さんについておかしな噂などを耳にしたことはありませんか」

事務局の石川に訊いたときよりやわらかく亜澄は訊いた。

「そんなひどいですわ。父は先ほど三浦さんのことを息子のようだと申しておりましたが、わたくしにとっても兄同様の存在でした。なんてことをおっしゃるんですか」

彩音はまたも頬を赤くして反感をむき出しにした。

「申し訳ありません。捜査の上では必ず伺うことになっている形式的な質問なんです」

かるく頭を下げて詫びながら、亜澄は言葉を継いだ。

「先生もそんな噂はお聞きになっていませんか」

「三浦さんに悪い噂なんてなんにもないわよね」

彩音は里見の顔を覗き込むようにして言った。

「ああ、三浦に限ってそんなものがあるはずはない。さっきも言ったが、あいつは誠実な男だった。音楽一途で音楽のことしか頭になかったんだ。家族には恵まれなかったが、その分、わたしや彩音には家族同様に接してくれていた」

言葉を終えると、里見は悲しげにうつむいた。

やはりここでも三浦の悪い噂などは出てこなかった。

「里見先生は三浦さんを後継者にと考えていらっしゃったと、石川さんに伺いましたが」

亜澄は新たな問いを発した。

彩音はしっかりとうなずいてから里見に言った。

「小笠原さんのいまのお言葉、お父さまのお考え通りですわね」

「ああ、そうだな」

里見ははっきりとあごを引いた。

「お父さまの次にタクトを振るのは三浦さんしかいなかったんですものね」

彩音は歯切れよく言った。

「もちろんだ。わたしはね、三浦にすべてを任せるつもりでいたんだ。彼なら新日本管弦楽団をきっとさらに素晴らしいオケに成長させてくれる。なに、わたしのような年寄りは、もう退いたほうがいいんだ」

少し淋しそうに里見は笑った。

里見は決して気難しい男ではなかったが、コミュニケーション上手とは思えなかった。

慎重派なのか亜澄が質問をして答えが返ってくるまで首を傾けて考えている時間が長

い。

なるほど、気難しいと思われるのはこの会話のくせにあるようだ。

一方、彩音はいささか感情的な上にせっかちな性格のようだ。

里見がすぐに答えを返さないと、会話に割って入る。

亜澄も質問しにくいだろうと元哉は思った。

「おふたりに言っておこう。わたしは三浦を失って右腕をもがれたような気持ちでいる。しかも、彼はわたしがタクトを振っている最中に非業の死を遂げたのだ。何者がそんな悪辣なことをしたのか、わたしには皆目見当がつかない。しかし、これは神がわたしに指揮棒を折れと命じたものだと解釈した。土曜のあの悲しいコンサートを最後として、わたしは二度とタクトを手にしないことに決めた」

まるで講演するかのような調子で里見は言った。

里見の声は書斎に朗々と響いた。

「ご勇退なさるのですか……」

亜澄は淋しげな声を出した。

「まだ、娘や一部の者にしか伝えていないが。近々わたしは引退について記者発表するつもりでいる。ただひとつの心残りは、あの日演奏予定だった『由比ヶ浜協奏曲』を振れなかったことだ。わたしは椎名慶一のピアニストとしての将来に大変に期待している。

何度か彼と共演して、そのことを確信した。だが、作曲家としても椎名くんは日本を代表するような人物になるだろう。その彼が昨年発表した自信作である『由比ヶ浜協奏曲』をわたしが指揮して新日本管弦楽団が演奏する。しかも場所は由比ヶ浜の鎌倉海濱芸術ホール。つまりわたしたちのホームグラウンドだったんだ。あの曲にこれほどふさわしいコンサートはなかった」

悔しそうに里見は言った。

「最後に『由比ヶ浜協奏曲』を振ってご勇退なさればよろしいのに」

素人ながら亜澄は意見した。

怒るかと思いきや、彩音は力なく首を横に振った。

「お父さまは二度と指揮はなさいません」

「わたしはもうタクトを折る。三浦のいない新日本管弦楽団には別れを告げるつもりだ」

毅然とした口調で里見は答えた。

しばし沈黙が続いた。

「あのう……形式的なお尋ねですが、金曜日の夜はどのようにおすごしでしたか」

亜澄は遠慮深い調子で訊いた。

「コンサート前日なので、父もわたくしもゲネプロが終わってからタクシーでそのまま自宅へ戻りました。八時一五分くらいでしょうか。その後、食事をして身体を休めるために早く就寝しました」

彩音は亜澄の目を見てはっきりとした口調で答えた。

黙って里見はうなずいた。

里見父娘にもアリバイはないが、このふたりに動機があるとは思いにくい。確認するまでもないだろうが、亜澄は慎重だった。

亜澄は元哉に顔を向けた。

これ以上質問する内容を元哉は思いつかず、首を横に振った。

「本日はご体調の芳しくないなか、お話を伺わせて頂き本当にありがとうございました。大変参考になりました」

亜澄は丁重に謝意を伝え、元哉も身体を折った。

「ご苦労さま、早く犯人を捕まえてください」

里見は声を張った。

「わたくしからもお願いします。三浦さんのことは兄のように考えていました」

泣きそうな声で彩音は頼んだ。

「できるだけの力を尽くします」

亜澄はきっぱりと言った。

元哉と亜澄は里見邸を辞去した。

陽がかなり傾いている。

谷戸を鎌倉駅へ戻る道すがら亜澄はぽつりと言った。

「なんかさ、どこか違和感があるんだよね。里見さんって」

「どういうことだよ？」

元哉にはすぐに意味がわからなかった。

「すごく質問しにくかったんだよ。こんなの初めてだよ。聞き込みや尋問はずいぶんやってきたけど、なんだか自信なくしちゃった」

亜澄は眉根を寄せた。

「図々しい小笠原にしては珍しいこと言うな」

元哉の言葉に亜澄は頬をふくらませた。

「失礼ね」

「里見さんは慎重派でよく考え込むし、彩音さんはちょっと感情的な上に小笠原の里見さんへの質問にすぐ先回りしちゃうからだろ」

さっき考えていたことを元哉が口にすると、亜澄は意外そうな顔つきになった。

「へぇ、ちゃんとわかっててんじゃん」

「なんだよ、それ」

せっかく分析してやっているのに、元哉はちょっとムッとした。

「元哉くんさ、彩音さんばっかり見てるような気がしてたんだよね。なんせ、ばっちりキミの好みだもんね」

亜澄はニヤニヤ笑った。

「おい、俺は自分の好みなんて小笠原に話したことはないはずだぞ」

元哉の言葉に亜澄は含み笑いを浮かべた。

「わかるよ。だって、あの美人、キミの嫌いな女のタイプの正反対だもんね」

言われてみればその通りだ。

「あ、そうかも。品がよくて、たおやかで、女らしくて、やさしそうで……」

「だよね、あたしとは真逆だもんね」

亜澄はさらっと言った。

「そうそう、図々しさなんてカケラもなくて……」

元哉は掌で口を押さえた。

「へへへ。誘導尋問に引っかかったな」

口もとを歪めて亜澄は笑った。

「俺は知らん」

元哉はそっぽを向いた。

「許してほしければ夕飯おごれ」

亜澄は元哉をぶつマネをした。

「バカ言うな」

元哉は黙って歩き続けた。

「鎌倉でいちばん美味しいフレンチおごってね」

背中で亜澄の声が響いた。

そういうところが、彩音のような女性とは正反対なんだと言いたかったが、元哉は呑み込んだ。

「なんかさ、これから署に戻って変な聞き込み指示されるのも嫌だよねー」

無視していると亜澄は気を引くように言った。

「たしかにな。これから横浜へ行けとか言われても疲れるな」

これは無視できない話だった。

「さっきも話に出てた椎名慶一さんに会ってみない？」

「里見さんがすごく評価していたな。ピアニストとしての将来に大変に期待している。作曲家としても日本を代表するような人物になるって……」

「そう、三浦さんともつながりが深いだろうし、なにかの情報を持っている可能性はあるでしょ」

「会ってみる価値はあるな」

「椎名さんの住所は藤沢市片瀬山五丁目。湘南モノレールの片瀬山駅から一キロくらいのところだよ」

「それほど遠くないようだけど、どうやって行くんだ？」

元哉は鎌倉と藤沢の交通事情には詳しくない。

平塚市や茅ヶ崎市は東海道線文化圏で、鎌倉市や逗子市は横須賀線文化圏なのだ。江ノ電や湘南モノレールによってふたつの文化圏にまたがっているのが藤沢市と大船だ。平塚育ちで横浜に住んでいる元哉は横須賀線文化圏の交通事情には疎い。

「鎌倉駅からだと江ノ島経由か、大船経由だけど。大船経由のほうが少し早く着くかな。だいたい三〇分くらいだね。とりあえずアポ取ってみるね」

亜澄はさっとスマホを取り出した。

しばらく話していた亜澄は電話を切ると明るい声で言った。

「案ずるより産むが易し。七時にアポ取れた。さ、行くよ」

足取りもかるく亜澄は鎌倉駅への今小路を歩き始めた。

4

椎名慶一の自宅は片瀬山でもかなり高い位置にある富士見坂の上にあるはずだった。

「素晴らしい眺めだな」

坂の上まで登って目の前に開けた景色に元哉はうならざるを得なかった。

西空が沈んだ紺色から群青を経て燃えるようなオレンジに染まっていた。

いやいやもっとたくさんの色のグラデーションが西空を飾っている。

亜澄なら詳しい色で表現できるだろう。

ちょっと訊こうかとも考えたが、めんどうなのでやめた。

地上のシルエットライン右手に富士山が際立って見え、左手には箱根山から伊豆へ続く山並みが青々と続いている。

浅い入江のように見える相模湾が銀青色に光っていた。

「その名の通り、ここは富士山のビューポイントなんだね」

亜澄はうっとりとした声で言った。

「こんなパノラミックな景色が見えるとは思ってなかったよ」

元哉もちょっと驚いていた。

「ね、あのあたりが平塚じゃない？」

富士山の裾野の左側ギリギリ、低い山に消えるあたりを亜澄は指さした。

入江の一番奥まったところに近い。

「間違いないな。湘南平の鉄塔が見える」

いまの暗さでもなんとか赤白の塗装が判別できた。

「やっぱそうだよね、平塚を確認したところで、椎名さんの家を探さなきゃ」

亜澄はうろうろと目を泳がせて周囲を見まわしている。

「あの家だよ」

スマホを覗き込んでいた亜澄が指さしたのは、二〇メートルほど先のRC打ちっぱなしの直方体の建物だった。

グラスエリアが多いユニークな家屋で、デザイナーズハウスらしき瀟洒さを漂わせている。

ただし、ちいさい。外観からはっきりとはわからないが、2DKくらいしかなさそうだ。

垣根や塀などはなく開放的な造りだ。かたわらのカーポートには、赤いフィアット500のキャンバストップが駐まっている。アイボリーの幌がオシャレだ。

チーク色の木製玄関ドアの横にはKeiichi Shiinaと描かれた切り文字表札が光っていた。

亜澄がインターホンで名乗ると、すぐに応答があってドアが開いた。

一八〇センチくらいの長身の男がふらりと出てきた。

オーバーサイズの白無地Tシャツを着て、長い脚にウォッシュの効いたデニムを穿いている。

逆三角形の色白の顔に高い鼻、切れ長の目に薄めのきりっとした唇。

元哉の目から見てもイケメンだ。

きれいなウェーブを持つミドルヘアが夕風に揺れた。

「こんばんは、椎名です」

さわやかな笑みとともに椎名は名乗った。

「お、お忙しいところ、ありがとうございます」

亜澄は舌をもつれさせた。

さんざんこうして聞き込みに来ているだろうに、なにも動揺することはない。

「いや、そちらだってお忙しいでしょう。片瀬山にようこそ」

椎名は明るい声で答えてほほえんだ。

亜澄はと見ると、目尻を下げてぼーっとしている。

元哉のことを美人に弱いかのように言うくせに、実は亜澄のほうがよっぽどイケメンに弱いのだ。こんなだらしない顔で相手に接する姿は過去にも見ている。

「さぁ、どうぞ入ってください」

椎名はドアに手を掛けて開いたまま元哉たちを招じ入れた。

「失礼しまぁす」

せいいっぱい愛想よく答えて亜澄は玄関に入った。

「どうも」

戸惑いつつ元哉も玄関に足を踏み入れた。

刑事がこんなに歓迎されるのはとても珍しいことだ。

たいていはドア越しに話を訊くことになる。頭から塩を掛けられそうになる場合も少なくはない。

今回はどこへ行っても、丁重な態度で迎えられる。

世界的な指揮者の里見は、書斎に通してコーヒーまで出してくれた。

任意で引っ張られて怒り心頭の由良ですら、あの喫茶店まで足を運んでくれた。

クラシック関係者というのは感じのよい人が多い、元哉はそうあらためて思った。

やはり育ちがいい人たちの世界なのだろう。

聞き込みも、今回のような人間ばかりが相手だと楽なのだが……。

「神奈川県警の小笠原ですっ」

「同じく吉川です」

ふたりは次々に名刺を差し出した。

「どうぞよろしく。椎名慶一です」

椎名はにこやかに名乗ると、手招きで元哉たちを室内に迎え入れた。

「そこの椅子に適当に座ってください」

元哉たちはナチュラルウッドのダイニングテーブルの椅子に並んで座った。

部屋の奥のほぼ全面がガラス窓でブラインドが上げられていた。

窓の向こうには、さっき見たパノラマがきれいなシルエットに沈んでいる。

キッチンからペットボトルのお茶を三本持って来てテーブルに置くと、椎名は元哉たちの向かい側に腰掛けた。

「素晴らしい眺めですね」

亜澄は椎名の顔を見て、ピッチの高い声で言った。

「いい景色でしょ？　下は道路だけど、高さがあるんで外からはあまり見えないんですよ」

それほど自慢げでもなく、椎名はあっさりと答えた。

「こんな素敵なお部屋に暮らしているなんてうらやましいです」

うっとりとした声で亜澄は言った。

「狭いけどね」

椎名は声を立てて笑った。

「はぁ……」

亜澄は答えに困っている。

「僕は大きな家が苦手でね。掃除も大変だし……。ふだんはこのリビングにいて、寝るときは隣の部屋。ピアノを弾くときは地下スタジオの防音室なんです」

椎名は右手の指をフローリングの床にまっすぐ向けた。

「この部屋にもピアノがありますね」

不思議に思って元哉は訊いた。

左手の壁際にはアップライトピアノがあって、譜面台には何枚かの譜面が載っている。

「それはサイレントピアノで作曲用です」

なるほど、ピアノの上にはヘッドホンが置いてある。近隣は住宅地だ。防音には気を遣うだろう。

地下にはグランドピアノが置いてあるのかもしれない。

「では、作曲はここでなさるんですね」

亜澄の問いに椎名は窓へ目を向けて答えた。

「ええ、海を眺めながらね」

「それにしても素晴らしい場所ですね」

心底感心したように亜澄は言った。

たしかに作曲をする環境としても最高の部類に入るだろう。

「この土地にはね、亡くなった母が別荘みたいに使ってた小さな家があったんですよ。

だから、住んでられる。僕は上物を建てるのがやっとだからね。このあたりも土地が高くて」

椎名は苦笑を浮かべて言葉を継いだ。

「でも、いいところですよ。静かだし。初日の出の時やダイヤモンド富士だなんだというときにはカメラと三脚抱えたおじさんたちがガヤガヤとうるさいけどね」

「なるほど、撮影ポイントでもあるんですね」

「カメラおじさんにとってはね」

椎名は皮肉っぽい笑みを浮かべた。

「作曲家としては迷惑な存在なわけですね」

「ま、そういうこと。外がうるさいときには地下室へ避難します」

「地下室は避難場所にもなっているんですか」

「そう。自分から避難するときもね」

いたずらっぽい顔で椎名は笑った。

「は？」

亜澄は目を瞬いた。

元哉にも意味がわかりかねた。

「いえね、作曲から逃げだしたくなると、地下へ降りてピアノを弾くんですよ」

椎名はにやっと笑った。

「はぁ、なるほど」

おぼつかなげに亜澄はうなずいた。

「ペットボトルでカンベンしてください。僕はひとりなんでお茶を淹れるのもめんどうだから、自分もこれで済ませています。あ、コーヒーは淹れるかな」

「おひとりなんですか」

亜澄は身を乗り出した。

「バツイチなんですよ」

気楽な調子で椎名は言った。

「そうなんですかぁ」

鼻を鳴らして亜澄は言った。

おいおい、食いつくところはそこじゃないだろ、元哉はあきれた。

「だから食事もほとんど外食なんです。その意味ではここは不便でね。クルマで飯食いに行くと飲めないから、タクシー使うことが多いんだけど、呼んでもすぐに来ないし」

椎名は肩をすくめた。

「このあたりで外食するとなると、藤沢駅周辺ですか」

椎名の会話ペースに亜澄は引きずられている。

「ああ、そうね。まぁ、江ノ島にもいくらかありますけど、カップルや家族向けの店ばかりだから……出先で夕飯済ませてくることも多いんですよ」

椎名の態度は実に堂々としていた。

ふつうの人間なら刑事が家に来たら、もっとオドオドするものだ。

ところが、亜澄はすっかり椎名のペースに呑み込まれてしまっている。

弁護するわけではないが、亜澄がやに下がっているせいではない。

一流と呼ばれるような人種は、心臓も強いのだろうか。

「亡くなった三浦さんのことについてお尋ねしたいのですが」

立て直しを図って、亜澄は声に力を入れて本題に入った。

「僕は犯人じゃないですよ」

唇を歪めて椎名は笑った。

相変わらず自分のペースを保とうとしている。

「あは、そんなことで伺ったんじゃないんです。三浦さんとはお親しかったんですか」

亜澄の問いに、椎名はちょっと首を傾げて口を開いた。

「親しいというほどではなかったな。共演したことが二度ほどありますが、個人的には何度か飲んだくらいの仲です。新日本管弦楽団と共演するのも今回が初めてでしたからね。結局、あんなことになっちゃったけど……」

椎名は目を伏せて声を落とした。

「わたしたちが伺ったすべての関係者の方が大きな損失だと言っています」

亜澄が言うと、椎名は顔を上げて亜澄の顔をしっかりと見た。

「彼は本当に素晴らしい音楽家だった。僕は彼をこころから尊敬していましたよ。技量が抜群だったのはもちろん、とても深い音楽理解ができた人だった。人格もすぐれていた。僕のようないい加減な人間じゃないから、後進の指導にも大変に熱心だった。皆さんが言っているとおり、彼が亡くなったことは日本の音楽界にとって大きな損失だ」

「三浦さんに対して恨みを抱いているような人がいたという話は聞いていませんか」

亜澄は質問を続けた。

「いるわけがないですよ。彼は誰からも好かれていたでしょう」

椎名は迷いもなく即答した。

「では、三浦さんの悪い噂を耳にしたようなことは……」

「あるわけないですよ」

亜澄の問いをさえぎるように、つよい口調で椎名は答えた。

「それこそ僕と正反対ですよ。リハに遅れたり、録音の約束を忘れて遊びに行っちゃったりとか、そんなことするはずもない人でしたよ」

急に口調を変えて、照れ笑いを浮かべて椎名は言った。

とまどいの表情を亜澄は浮かべている。

想定していたのはそういう性質の話ではない。

「あの、借金を抱えているとか、誰かとトラブルを起こしているような話は聞いていませんか」

亜澄は詳しく質問した。

「ないと思いますよ。きまじめな人だったから」

椎名は平板な調子で答えた。

「ところで、椎名さんは里見先生ともお親しいんですよね」

亜澄は問いを変えた。

「里見先生はね、日本の誇りですよ」

毅然とした調子で椎名は言った。

「皆さんが先生は偉大な指揮者だと言っていました」

亜澄の言葉に椎名はしっかりとあごを引いた。

「そうですとも、僕は先生のご指導を受けられたことを誇りに思っています」

椎名は言葉に力を込めた。

「つまり里見先生と椎名さんとは師弟関係だったのですね」

「そうです。里見先生は恩師なのです。先生はパリ管弦楽団の指揮者をしておられたとき、一時的にパリ市高等音楽院の特任教授も務められていたんです。僕は研修生として先生のご指導を受けることができました。僕の音楽性は先生の薫陶を受けて培われたと言っても過言ではありません。先生からは作曲法というような具体的なテクニックじゃなくて、もっと深い音楽哲学をご指導頂けたのです。先生のお教えは僕にとってなによりの宝なのです」

両の目を光らせて椎名は言った。

里見と椎名の関係については突っ込んで聞かなかったが、本件とはあまり関係のない話になりそうだ。

「欧州諸国のように、日本政府は里見先生の偉業に対してきちんと顕彰すべきです。先生は日本の音楽文化のレベルの高さを世界に証明してきた音楽家なのです。先生が文化功労者にもなっていないことが、僕には納得できない。先生が受賞なさった近衛《このえ》秀麿《ひでまろ》賞はクラシック界だけのものだ。里見先生の功績はもっと大きなものなんです」

リビングに椎名の声が響いた。

椎名はちょっと照れたような顔で元哉たちを見た。

「いや、熱くなり過ぎちゃいましたね。クラシック界について、いや音楽界全体について冷淡なのが日本政府ですけどね」

椎名は皮肉な笑いを浮かべた。

「実は今日、里見先生のお宅に伺ってきました。先生はご勇退を考えていらっしゃるんですね」

亜澄の言葉に椎名は淋しそうにうなずいた。

「ええ、僕も大変に残念に思っています。ですが、ご健康上の理由なら仕方のないことと思います。先生にはいつまでも長生きして頂きたいですから」

椎名はやわらかい声で言った。

「ご勇退に際して『由比ヶ浜協奏曲』を振れなかったことがただひとつの心残りだとのお気持ちを口にしていらっしゃいました」

亜澄はあのとき聞いた言葉をさらっと伝えた。

「本当ですか」

椎名の声は大きく弾んだ。

「ええ、たしかにそうおっしゃっていました」

亜澄と一緒に元哉もうなずいた。

「リハではなにもおっしゃらなかったので、『由比ヶ浜協奏曲』は先生が認めて下さらなかったのかと思っていました」

椎名の声は湿った。

しばらくの間、椎名は感に堪えないような表情で黙っていた。

「ありがとう。そのことをお伝えくださったことに感謝します」

顔を上げた椎名の瞳ははっきりと潤んでいた。

「いえ……」

亜澄は返事に窮したようだ。

「ステージマネージャーの相木さんはご存じですか」

気を取り直して亜澄は問いを変えた。

「もちろん知っています。いいステマネさんですね。でも、個人的にはまったくつきあいがありません。鎌倉海濱芸術ホールで演奏したときだけは何度もお話ししました」

相木についての情報を椎名から得ることは難しそうだ。

「すみません。ちょっと形式的な質問をさせてください。事件発生時、椎名さんはどこにいらっしゃいましたか」

アリバイについて尋ね始めた亜澄だったが、椎名は表情を変えなかった。

「そのときは出番に備えて楽屋に待機していました。譜めくりを頼んでいた生徒とふたりで喋ってたんです。そこに館内放送が入ったんであわてて舞台に飛んでいきました」

椎名の発言は相木の説明と一致していた。

楽屋からはＢｌｕｅｔｏｏｔｈの電波は届かないので、椎名がスイッチを押すことは不可能だ。譜めくり役の生徒に確認するまでもない。

少なくとも実行犯でないことはたしかだ。

「では、事件前日の夜はどこでなにをしていましたか」

間髪を容れず亜澄は問いを重ねた。

「やだなぁ、僕のアリバイですか」

椎名はニヤニヤと笑った。

「いえ、こういうことをお伺いして報告するのが仕事なんですよ」

亜澄は言い訳めいた口ぶりで答えた。

「なるほどね……前日の夜は八時過ぎにゲネプロが終わってから、まっすぐ家に帰ってきましたよ。家で飲んでました。事件当日、つまりコンサートの日は開場一時間前に楽屋入りするまでひとりでした。だから僕にはアリバイなんてものは存在しないですよ」

椎名は迷わずに答えた。

結局、いままで訪ねた誰にもアリバイが存在していない。

もっともこれはふつうの状態だ。

家族の証言を採用しないとなれば、明確なアリバイがあるほうが希有なのだ。

「吉川くん、なにかお伺いすることありますか」

追加質問の有無を、珍しく亜澄が言葉で訊いてきた。

「いえ、けっこうです」

元哉が答えると、亜澄は深々と頭を下げた。

「ありがとうございました。いろいろと参考になりました」

「そうですか。大して役に立つ話もできなかったけど」

椎名は頭を掻いた。

「では、わたしたちはこれで失礼します」

亜澄が立ち上がったので元哉もこれに倣った。

「ご苦労さまでした。里見先生のお話を伝えてくださったこと感謝します」

最後にふたたび椎名は礼を述べた。

椎名邸を辞して元哉と亜澄はゆっくりと富士見坂を下り始めた。

すでにあたりは完全に宵闇に包まれている。

富士が相模湾に描くシルエットは闇に溶け消え、眼下には住宅地の灯りがひろがっている。

「小笠原、なんだよ、デレデレしちゃって」

元哉は仕返しとばかりに亜澄をからかった。

「デレデレなんてしてないよぉ」

顔の前で亜澄はせわしなく手を横に振った。

「目尻下げた顔は見られたもんじゃなかったぜ」

調子に乗って元哉は突っ込み続けた。

「そんなことないってば」

亜澄は口を尖らせた。

まぁ、このくらいにしておこう。

「あの人、一見チャラ男っぽいけど、実はすごい音楽家なんじゃないかって気がした」

素直な感想を口にすると、亜澄は大きくうなずいた。

「あたしもそう思う。里見先生について話してるときの目とか怖かったもん」

元哉も同じ意見だった。あれがプロ音楽家の目というものだろう。

「でも、椎名さんが里見さんをものすごく尊敬していることはわかったな」

「うん、たしかにそうだよね」

冴えない声で亜澄は答えた。

「どうした、なんか気になることでもあるのか」

元哉の問いに亜澄は浮かない顔をした。

「いや別に椎名さんについて気になることじゃないんだけど、三浦さんって誰もがほめるのになんで殺されたのかなぁ」

亜澄はちょっと空を見上げた。

「今回の事件の動機はまるで見えてこないな」

実は謎は深いのではないかと元哉も思っていた。

「ところで、これから藤沢駅に行ってさ、《ささむら》って店で由良さんの発言の裏を取って来よう」

気を取り直すように亜澄は言った。

「え？　鎌倉に戻らないのか？」

仕事熱心なことだ。それに由良にはアリバイはないのだ。

「そしたら鎌倉署に早く戻ることになるじゃん」

「あ、そうか」

名簿作りはまだ終わっていない。下手すると手伝わされる。鎌倉署には

いずれにしても今夜も湿っぽい柔道場の布団で寝ると思うとぞっとした。

ゆっくり戻れたほうがいい。

「《ささむら》に行くのは正当な職務執行だよ。それが終わったら藤沢で美味しいもの食べよう」

亜澄はなかなか悪知恵が働く。

「了解」

異存はなかった。

「まずはモノレールで江ノ島だ」

弾んだ声で亜澄はふたたび坂道を下り始めた。

まわりの草いきれが元哉の嗅覚に盛夏を感じさせた。

藤沢駅の《ささむら》は駅から三分ぐらいのわりあい大きな居酒屋だった。

《ささむら》の店員は由良の顔を知っていて写真を出すまでもなかった。

金曜日の晩に由良が来たことを店長は覚えていたが、滞在していた時間まではっきりしなかった。

残念ながらこの店のレシートは時刻の記録されないタイプだった。

いずれにしても由良のアリバイは成立しない。もともとわかっていたことだ。

《ささむら》を出た亜澄はきょろきょろと建ち並ぶ飲食店に視線を泳がせている。

正当な職務行為の百倍は熱心な亜澄だった。

第三章　ポリフォニー

1

火曜日は朝から薄曇りでぱらっと降る時間帯もあった。

元哉たちは、由良の話に出た指揮者の壬生高雄を訪ねることにした。

里見や三浦を古くから知っているかもしれないから訪ねてみようという亜澄の提案である。

調べたところ、壬生は鎌倉山崎病院という私立病院に入院していた。

鎌倉山崎病院は谷戸の奥の低い丘の上に建つ五階建ての中規模病院だった。

元哉たちは湘南モノレールの湘南町屋駅から一キロほど歩いて午前一〇時ちょっと前

に総合受付にたどり着いた。

　警察手帳を提示すると、すぐに病棟看護師の女性が案内についてくれた。

「こちらのお部屋です」

　三階の中ほど、三〇六という病室番号の下には壬生高雄の文字が確認できる。

「ありがとうございます」

　亜澄が礼を言うと、五〇歳くらいの女性看護師はゆったりとほほえんだ。

「四〇分以内でお願いしますね。ちょっと変わった患者さんですよ」

　おもしろそうに笑って看護師は去って行った。

　彼女の振る舞いはなんとなくゆったりとしている。きっと労働環境がいい病院なのだろう。

　演奏が終わると無言でぷいと舞台から出て行ったというエピソードを由良から聞いているだけに元哉はいささか緊張していた。

　もちろん亜澄も同じだろう。顔がこわばっている。

「失礼します」

　亜澄がドアをノックすると「どうぞ」という答えがあった。

　病室に入ると薬の臭いが鼻を突いた。

　目の前にはカーテンが掛かっていて向こう側が見えない。

「誰じゃい？」

カーテンの向こうからしゃがれ声が聞こえた。

「神奈川県警の者です」

亜澄は静かな声で名乗った。

「なんだい、わしを逮捕しに来たのか。この国じゃ、女を捨てると犯罪になるんだったかな」

亜澄は面食らった顔で戸惑っている。

元哉は笑いをかみ殺した。

実は病院を通じて今日訪ねることは連絡してあり、本人と主治医のＯＫももらっている。

「とんでもないです。お話を伺いに来ただけです」

亜澄はあわてたように答えた。

「そうだろう。だってあれは四〇年も前だからな。いくらなんでも時効だろう。それにフランスでの犯罪だ。君たちはインターポールかね」

ふぉっふぉっと妙な笑い声が聞こえた。

「い、いえ……」

図々しい亜澄でもこの老人は手に余るらしい。

「声のようすじゃかわい子ちゃんだな。顔を見せてくれんか」

壬生の言葉に、ふたりはカーテンの向こう側へと足を運んだ。

六畳ほどのひろさがある新しくきれいな病室だった。

窓の外の雑木林を背景に、ベッドには真っ白な髪の痩せこけた老人が寝ていた。

背上げされているので、壬生はこちらに顔を向けていた。

現在は点滴などの治療はされていない。

まわりに手すりが付いているところを見ると、介護ベッドのような仕様らしい。

「おやおや、せっかく美人が見舞いに来てくれたのに、野郎連れか」

壬生は歯をむき出しにして笑った。

頰がこけて鼻が高い。目が鋭ければ、おそらく貫禄のある顔つきだろう。

鷲をイメージするかもしれない。

だが、いまはおだやかな目つきなので、そんな迫力はない。

それにしても同じ指揮者なのに、里見とはあまりに雰囲気が違う。

「申し訳ありません、原則として相方と一緒に行動することになっておりまして」

亜澄は言い訳しながら、

「音楽家の壬生高雄先生でいらっしゃいますね」

丁重に訊くと、壬生は嬉しそうにほほえんだ。

「ほう、この壬生高雄を訪ねてきた者は実に久しぶりだ。入院直後はずいぶん来たが、最近ではさっぱりだ。娘家族もめったに顔を出さん。ここは爺捨て山かと思っているよ」

ちょっと淋しそうに壬生は言った。

「高名な指揮者でいらっしゃると伺っています」

亜澄の言葉には応えずに、壬生はベッドサイドを指さした。

「ま、ふたりとも　座んなさい」

ベッドから五〇センチくらいのところに、面会者用の椅子がふたつ置いてあった。

元哉と亜澄が座ると、にやっと笑って壬生は訊いた。

「美人さんの名前を教えてくれんか」

「神奈川県警鎌倉警察署刑事課の小笠原と申します」

素直に亜澄は名乗った。

「ほう、女刑事か。プレノンは？」

「なんですプレノンって？」

亜澄は首を傾げた。もちろん元哉もわからない言葉だ。

「フランス語でファーストネームのことだよ」

気取ったじいさんだ。

「亜澄です」

いきなり容姿について触れたりファーストネームを呼ぶのはセクハラだが、亜澄は素直に答えている。この一癖ある老人に言っても無駄なことだろう。

「で、亜澄ちゃんにくっついている野暮な男は誰だね」

壬生は元哉へ目を向けて訊いた。

「神奈川県警捜査一課の吉川元哉です」

「あんたのフォーアナーメ……これはドイツ語だ。そんなもんは訊いとらん。だが、捜査一課となるとエリート刑事だな」

おもしろそうに壬生は言った。

「いえ、別にそういうわけでは」

所轄の亜澄にこき使われている元哉としてはなんとも返事のしようがない。

「謙遜せんでもよいわい。美人刑事とエリート刑事がこの老人のところに来るとは面妖だ。はて、音楽家が被害に遭った難事件でも起きたか？」

おもしろそうに壬生は言った。

それにしても里見とはあまりに雰囲気が違う。

由良から聞いたイメージとも食い違っている。

「実はわたしたちは、土曜日に由比ヶ浜の鎌倉海濱芸術ホールで起きた殺人事件について捜査しています。この事件は……」

亜澄の言葉を壬生は途中でさえぎった。

「知っとるよ、里見さんの率いている新日本管弦楽団のコンサートで、コンマスの三浦くんが殺された事件だろ」

「ご存じでしたか」

亜澄はちょっと驚いたように訊いた。

「左半身が動かんでもテレビを見ることはできるからな。あんたがたもご苦労なことだ」

「ご不自由ですね」

眉間にしわを寄せて亜澄はいたわりの言葉を口にした。

左半身が動かないのでは指揮者としては再起不能だろう。

元哉も気の毒な思いで壬生の顔を見た。

「ああ、三ヶ月前に脳出血をやってな。美女と大酒飲んできた報いだ。地獄からは帰ってきたが、このざまだ」

壬生は顔をしかめた。

「大変なことと思います」

気の毒そうに亜澄は言った。

「だから断言できるぞ。わしは犯人ではない。このベッドにいて鎌倉海濱芸術ホールで殺人を犯すことはできんからな」

壬生はニヤニヤ笑った。

「それでも疑うならアリバイを話そうか。主治医と看護師を呼んでくれ。彼らに証言させよう」

ふざけてばかりいる壬生に、亜澄はあきれ顔で答えた。

「いえ、そのようなことを伺いに来たのではありません」

「逮捕に来たのではないのか。では、なにしに来た」

壬生は暇つぶしに亜澄をからかうことに楽しみを見つけているらしい。

「三浦倫人さんについてご存じのことがあれば伺いたいのです」

亜澄は壬生の目を見て訊いた。

「三浦か……一度だけ、仕事を一緒にしたことがある。あいつがコンマスしているオケに客演で呼ばれたときだ。わしは機嫌を損ねた。演奏後、客に頭を下げると、オケの連中を無視して袖に戻ってな。そのまま家に帰ってしまったのよ」

由良の話の通りだった。

「そんなお話を新日本管弦楽団の方から伺いまして」

亜澄は、なぜ？　という言葉を呑み込んだ。

「リハの間、三浦はなにかというと里見、里見と言っていたんだ。それだけじゃない。あいつの弓はわしの指揮なのにも関わらず、どこか里見の指揮のニュアンスをつけ加えていたと思えた。里見は、老いぼれたわしなんかよりずっとすぐれた指揮者だ。心の狭いわしは、ちょっとヘソを曲げたというわけだ」

わははと壬生は笑った。

だが、その後、壬生は急にまじめな顔に変わった。

なにも言わずにぼんやりと天井を見上げている。

亜澄もあえて声を発さず、壬生の発声を待っている。

「むかし話を聞いてくれるか」

壬生はぽつりと言った。

「はい、もちろんですとも」

前のめりに亜澄は答えた。

「古い話だ。一九八六年。三六年もむかしの話だ。むろん、主人公は三浦倫人ではない。わたしはその頃、ヨーロッパの各オケで世界的には駆け出しの指揮者として活動していた。里見はわたしより一〇歳下でね。チェコ交響楽団の第二ヴァイオリン首席奏者だったんだ。当時のチェコ響の首席指揮者と音楽監督はアンドレイ・マコフスキーだった」

壬生はどこか悲しげな表情で言った。

「申し訳ありません。わたしクラシックには暗くて」

亜澄は肩をすぼめたが、壬生はさして気にしていないようすだった。

「マコフスキーはチェコ人で、当時は七〇代はじめだった。世界でも五本の指に入るような名指揮者だ。カラヤンやベーム、ショルティ、バーンスタインのような歴史に残る偉大な指揮者といってもいい。マコフスキーは里見を大変に評価していた。当時のコンマスのドラホスラフ・ミコラーシェクよりも里見がすぐれていると思っていたようだ。里見はそんな評価にも驕《おご》ることなく一途に音楽の道を進んでいた」

壬生は言葉を切ると、ベッドテーブルの上に置いてあった吸い飲みから水をひとくち飲んだ。

「ところが、一九八六年の冬のことだ。チェコ交響楽団に所属していたヴァイオリン奏者のひとりが、リハ中に指揮していたマコフスキーに『NO』とダメ出しされた。なんだそんなことと思うかもしれない。だが、当時の指揮者の権威はいまとは違って絶大なものだった。しかも、とくにソ連をはじめとする旧東欧圏では神さまのような力を持っていた。一度のダメ出しで楽団員が楽団にいられなくなったケースはいくつもあった。そのヴァイオリン奏者はチェコ響に居場所がなくなりその日のうちに楽団を辞めた」

壬生は淋しそうに目を伏せた。

「たったひと言で……」

亜澄は言葉を失った。

「そうだ。どこがどう悪いというのは指導だ。楽団員にとって必要なことだ。わたしも、さんざん楽団員に文句を言ってきたよ。しかしね、『NO』というのはその奏者の全面否定だ。おまえはうちの楽団に要らないと言っているということなんだ。つまり事実上の解任だよ。ほかの楽団に移籍すればいいと思うかもしれない。ところが、マコフスキーに否定された演奏家を入団させる楽団はほとんど存在しない。少なくとも当時のヨーロッパにはなかっただろう。結局、そのヴァイオリニストは失業する羽目に陥った。楽団員のユニオンもない時代だったからな。いまならユニオンがうるさいからそんな居丈高な指揮者などどこにもいないだろう。結局、そのヴァイオリニストは失意のうちに妻子とともに故国に帰って一年も経たないうちに病没した」

壬生は暗い声で言った。

「どこの国の人なんですか」

「日本人だよ。三浦倫安《みちやす》という男だ」

「え……もしかすると……」

亜澄は目を見開いた。

「そうだ、三浦倫人の父親だ。忘れ形見の倫人はまだ一二歳だった」

「そんなことがあったなんて」

亜澄は言葉を失った。

元哉も驚くほかなかった。

「で、ここからが大事なんだが、チェコ響の第二ヴァイオリン首席奏者だった里見は倫安の解任を大変に気の毒に思った。同じ楽団のヴァイオリニスト同士だから身につまされるところもあったんだろう。自分はチェコにいたわけだが、里見は倫人と母親にずっと多額の経済的援助を続けた。一二歳の倫人はそれまではチェコで習っていたヴァイオリンを日本でふたたび手にした。里見の援助があっても大変だっただろうが、倫人は必死で勉強して我が国一の日本芸術大学器楽科弦楽専攻を卒業した。プロとなった倫人は努力を重ねて海外でもソリストとしても活躍できるようになった。ついには新日本管弦楽団のコンマスまで出世したというわけだ」

いくらか明るい声に戻って壬生は言った。

「では、三浦さんにとって里見先生は恩人ですね」

壬生は大きくうなずいた。

「大恩人だろう。だから倫人は里見を父親同様に敬愛し、里見の杖ともなろうと尽くしていたんだ。この話を知る者もいまは少ないはずだ。アンドレイ・マコフスキーは一九九二年に亡くなったし、里見以外の当時のチェコ響の人間にとってはたいした話じゃなかったはずだ。ヴァイオリニストがひとり辞めただけのことだからね」

皮肉な口調で壬生は言った。

「そんな……」

亜澄は悲しげに言った。

「だが、わたしはショックだったよ。指揮者がどんな立場にあるのかをつくづく考えさせられた。だから、さっきの話でへそが曲がったときだって黙ってたんだ。誰かを非難すればとんでもない悲劇が起きるかもしれないからね」

壬生は真剣な目つきで言った。

「なるほど……」

元哉はうなり声を上げた。

壬生なりの自己抑制が、沈黙だったというわけだ。

「里見先生は三浦さんを息子のようだと言っていました」

亜澄の言葉に壬生は大きくうなずいた。

「そうだな、そんな気持ちで里見は倫人を愛していたんだろうな。倫人の母親は一〇年くらい前に亡くなったが、里見に感謝してこの世を去ったと思う。また、里見は音楽家としても一流で人格もすぐれているから、倫人は本当に父親のように思っていたんじゃないかな」

やさしい声で壬生は言った。

「こんなに素敵なお話……わたしあまり聞いたことがありません」

亜澄の声は震えていた。

元哉はそこまでの気持ちになれなかった。

ただ、里見と三浦のきずながとてもつよい理由ははっきりした。三浦が楽団員たちに親切なのも、里見にしてもらった厚意に学ぶところがあったのかもしれない。自分も苦労したから、苦労している人間に手を差し伸べるのだろう。

聞き込みを続ける都度に、三浦を殺す人間がいるとは思えなくなってくる。

「壬生先生はピアニストで作曲家の椎名慶一さんはご存じでしょうか」

亜澄は質問を変えた。

「おお、知っているぞ。あれはおもしろい男だ。最近はよく飲んでいた。あいつは片瀬山だし、わしは江の島だからな。モノレールで大船まで出てよく飲んだよ」

嬉しそうに壬生は答えた。

「椎名さんはどんな方ですか」

亜澄は平らかに訊いた。

「優秀な男だ。素晴らしい演奏をするし、大変に優美な音楽を作る。まぁ、あんな男はなかなか出てこないだろう。あの男の才能は里見にも愛されているな」

「椎名さんは里見先生を大変に尊敬していると言っていました」

「そうだろう。わしにも言っておったわ。里見を放っておくなんて日本は文化三流国だとな。あいつはわしと同様の酒好きなダメ男だ。だから、カミさんにも逃げられたのよ。

ま、音楽についてはいつも真剣だがな」

壬生はわははと笑った。

「相木さんというステージマネージャーをご存じですか」

亜澄の問いに壬生はおぼつかない顔になった。

「うん、覚えてはいるが、わしはあそこでは一度しか指揮していないのでね。手際のよい男だったような気がするが……」

壬生は腕を組んで考えているが、それ以上は思い出せないらしい。

相木については情報を得られそうもない。

「ありがとうございました。とても参考になるお話を伺えました」

深く頭を下げて亜澄は礼を述べた。

「亜澄ちゃん、今度はいつ来てくれるのかな」

壬生はとぼけた声で訊いた。

「はぁ……」

亜澄は答えに窮している。

「あんた、わしを捨てたカタリナにそっくりなんだよ」

いきなり壬生は見当違いの話を始めた。

「カタリナさんですか」

身をちょっと引いて亜澄は訊いた。

「そうさ、その頃まだ二二歳でな。ナポリ一の美女だったんだぞ。彼女と行くはずだった青の洞窟に亜澄ちゃんと行きたいよ。ベストシーズンは六月から八月だ。来月のどこかでスケジュールを空けといてくれんか」

壬生はニヤニヤ笑っている。

またおふざけモード全開だ。どこまで本当の話かまるでわからない。

わしという老人臭い一人称を使い始めたら要注意ということはわかった。

「青の洞窟ってどこにあるんでしたっけ」

亜澄は適当に受け答えしている。

「ナポリ湾の南に浮かぶカプリ島だ。ナポリのカップルのパラダイスだよ」

そう言えば、平塚駅北口の梅屋近くのパールロードに《カプリ》というスパゲティ屋があったたな。あそこは青の洞窟のようなブルーを基調としたインテリアじゃなかったか

……と、どうでもいいことを元哉は思い出していた。

「小笠原、そろそろ」

たまには助け船を出したほうがいいだろう。

「申し訳ありません。この後の予定が詰まっているものですから……」

亜澄はまじめな顔で言った。

「ふたりとも会えて嬉しかったぞ」

にっこりと壬生は笑った。

「そう言って頂けてよかったです」

亜澄は如才ない答えを返した。

「わしのむかし話を聞いてくれる人など、もう現れないだろう。そうだ、まだわしの罪を告白していなかったな。あれはわしがまだ……」

壬生の言葉をさえぎって亜澄は別れの言葉をさらりと言った。

「どうぞお大事になさってください」

ふたりは相手の返事も待たずに早々に病室を出た。

壬生の担当看護師も苦労が多いのではないだろうか。

元哉と亜澄は湘南町屋に向かう下り坂を、なにかに追われるように早足で下っていた。

「驚いたね」

歩きながらとつぜん亜澄が声を出した。

「とんでもないじいさんだったな」

元哉は病院の方向をちょっと振り返って言った。

「大変なおじいさんだったね。でも、けっこう楽しかったよ」

「追いまくられているように見えたぞ。来月、あのじいさんとカプリ島に行くんだろ？」

「あはは、パスポートを取らなきゃ。でも、もっと驚いたのは、里見さんと三浦さんの話」

亜澄は最後はまじめな声になった。

「ああ、里見さんも三浦さんも立派な人間だな。だからあそこまで出世したんだろう」

まわりの人間の言うとおりだった。

「あたし感激しちゃった。里見さんってすごく素敵な人なんだね」

またも亜澄は声を潤ませた。

「俺さ、小笠原ほどは思い入れできないんだよな」

元哉は正直な気持ちを口にした。

「なんでよ」

亜澄の声はちょっと不快そうに響いた。

「つうかさ、里見さんがいくらいい人だとしても、三浦さんにそこまでのことするかな。一二歳から一〇年以上だろ。それにヴァイオリン習って音大に進んだっていうんだから、相当の金額を援助してたわけだよな。総額で数千万円にはなるんじゃないか」

そこまでのことをする人間の気持ちが元哉には理解できなかった。

「あのさ、そこが素敵なんじゃない。里見さんは三浦倫安さんへの友情から倫人さんを支えたのよ。心が洗われるよ」

うっとりとした声で亜澄は言った。

「そうかなぁ、俺は美談は信じないんだよなぁ」

元哉にはどこかが引っかかった。

「キミのこころは汚れておる」

ふざけた調子だが、亜澄の本音のような気がした。

「否定はしないけどね。俺にはなんかもっと違う理由があるんじゃないかと思えてならないんだ。もっと人間的な理由がね」

どんな理由かは見当もつかなかったが、元哉にはそう思えてならなかった。

「その意見には同意しかねる……」

「ま、同意してくんなくてもいいけどさ」

「あたし、今回の捜査の最初から、事件の中心には里見さんがいると思ってるんだ。いまの壬生さんのお話を聞いて、その思いがつよくなった」

急にまじめな顔になって亜澄は言った。

「おい、あの里見さんができそうな犯行じゃないぞ」

七四歳の里見は体力的にもそんなことはできそうにない。

それ以前に、今回の犯行は音楽一途の人間が考えるような性質のものではない。

これは元哉の刑事としての勘だった。いや、確信といってもいい。

「もちろん、里見さんが実行犯だなんて思ってない。だけどね、里見さんはなにかを知っている。それがわかれば、事件の全体像が見えてくると思うんだ」

考え深そうに亜澄は言った。

「ま、小笠原は頭いいからな」

まんざらお世辞でもなく元哉は言った。

「まぁね」

亜澄は鼻をうごめかした。

「性格は悪いけどな」

これも元哉の確信だった。

「ごあいさつね……もう一度里見先生に会ってみない？」

亜澄の提案は意外だった。

「昨日会ったばかりじゃないか」

「壬生さんから聞いた話についても訊いてみたいけど、あることを確かめたくてね」

意味ありげに亜澄は言った。

「なんだよ、確かめたいことって」

「いまのところは秘密にしとく。とにかく里見先生に会ってみたいんだ。キミだってあの憧れの美人に会いたいでしょ」

亜澄はのどの奥で笑った。

「なに言ってんだ。だいたい彩音さんがいつも出てくるとは限らないだろ」

昨日はたまたま彩音が在宅していたから出てきたのかもしれない。

「あたしの勘では、必ず彼女も一緒だよ」

自身たっぷりに亜澄は言った。

「おまえの言ってること、ちっともわからないぞ」

もったいぶる亜澄にちょっとムカついて不機嫌な声が出た。

元哉の態度は無視して亜澄は立ち止まった。

「とにかくアポ取ってみるね」

亜澄はスマホを取り出して耳に当てた。

しばらく話していた亜澄は、電話を切ると舌打ちした。

「残念、今日は会えないって……彩音さんが言ってる」

「いきなり電話したんだから、仕方がないだろ」

「でも、明日の午後三時に扇ガ谷のお宅に来てほしいって」

亜澄はスマホをしまいながら言った。

「またあの豪邸か」

脳裏に壮麗な里見邸が浮かんだ。

「そうだよ、今度は美女に素敵なお土産持ってくといいよ」

亜澄はふふと笑った。

「なに、わけのわかんないことを言ってるんだよ」

この女もまともに取り合っていられないことが多い。

壬生といい勝負だ。

「さ、さっさと駅まで戻ろう」

亜澄は元気よく言った。

雨が降り出す前に湘南町屋駅までたどり着きたかった。

湿った風が元哉の身体を吹き抜けていった。

2

翌日は朝から強烈な陽ざしが照りつけていた。

鎌倉市周辺に在住の楽団員と会って聞き込みを続けた。だが、三浦を殺害する動機を持つような者の話は出てこなかった。

市内梶原の住宅地に住む楽団員を訪ねたあと、バス停のある県道藤沢鎌倉線に出ると道路からの照り返しはヤケドしそうなほどの熱気を放っていた。

「おい、そろそろエアコン休憩取らないか。めまいがしてきた」

元哉が今日何度目かのＳＯＳを出した。

「そだね、熱中症で救急要請とかして、報道されるのもイヤだしね」

ふたりは近くのコンビニに飛び込んだ。

あまりの暑さに、元哉と亜澄は何度もエアコンの効いた商業施設で涼まなければならなかった。

暑い日寒い日の刑事はつらい。警察官になってから一途に刑事を目指してきた元哉も、警務課など内勤の仕事に憧れることも少なくない。

わずかに傾き掛けた西陽に谷戸が包まれる頃、元哉と亜澄は里見邸を訪ねた。

いちばん暑い盛りだが、緑が多いおかげで扇ガ谷はずっとマシだった。

亜澄は歩きながらしきりとスマホをいじっている。

「なにしてんだよ」

元哉は不思議に思って訊いた。

「お土産を用意してるんだ」

「なんだって」

意味がわからなかった。

「まぁ、あとでわかるよ」

亜澄はふふふと笑った。

威圧的にも見える邸宅内に入ると、今日も通されたのは六角堂の書斎だった。

一昨日と同じように里見は机の向こうに座っている。

ただ、今日は彩音がソファのそばに立っていた。

薄いピンクのブラウスを着た彩音は華やかで、お嬢さまらしさが際立つ。

「もうお越しにならないと思っておりました。わたくしと父が知っていることは一昨日、すべてお話しいたしましたから」

彩音は露骨に迷惑そうな顔で言った。

「申し訳ありません。ご迷惑は承知ですが、どうしても伺いたいことができてしまいまして……」

亜澄は身体をすぼめるようにして謝った。

態度だけに決まっているが。

「わたくしも次の仕事に向けてのリハが忙しくなりますので、そう度々見えてはおつきあいしきれません」

彩音は美しい眉をひそめて硬い声で言った。

だが、亜澄は里見に会いたいと申し出ているのだ。彩音につきあってもらわなくても何の問題もない。が、そんなことを言えば、彩音はますます機嫌を損ねるだろう。

「実は昨日、入院なさっている壬生高雄さんのところに伺いました」

亜澄は注意深く本題を切り出した。

元哉は机の向こうの里見を見たが、表情は変わらなかった。

「壬生先生ですか……高名な指揮者でいらっしゃいますが、わたくしはあまりいい感情を持っていないというのが正直なところです」

冷たい声で彩音は言った。

「壬生さんが客演で指揮されたときのことですね」

「ええ、わたくしは新日本管弦楽団が侮辱されたと感じました」

彩音の美しい眉がつり上がった。

「お気持ちはわかります」

なだめるような調子で亜澄が言った。

里見は黙ったまま椅子に座って亜澄を見ている。

「里見先生と壬生さんはお親しいのですよね？」

亜澄はさらっと訊いた。

彩音はソファを離れ、里見のそばへと歩み寄った。

「ねぇ、お父さまは、壬生高雄さんとは親しかったですよね」

彩音は里見の顔を覗き込むようにして訊いた。

「古くからの知り合いだ。指揮者としては大先輩だ。だが、壬生さんとわたしは音楽に対する考え方が大きく違う。結局、彼と真の友人になることはできなかった」

亜澄を見ながら、里見ははっきりとした声で言った。

元哉としては、どのように違うのかを訊きたい気持ちもあったが、由良から聞いたような静寂な夜明けの湖水や酒杯を手にしたバッカスの話をされても困る。

「わたしは感動したのです。里見先生が三浦倫安さんの遺児であった倫人さんにどれほど豊かな愛情を注いだか。倫人さんを支え続けたか。里見先生と倫安さんのヴァイオリニスト同士の友情の美しさにわたしは涙が出ました」

亜澄はしみじみとした口調で言った。

「そのお話……」

この質問に彩音の顔色が変わった。

里見からは何の答えも返ってこなかった。

ばかりか、表情も動きはしなかった。

「お父さま、あのお話よ、アンドレイ・マコフスキー氏に三浦倫安さんが解任されて帰国後亡くなった、倫人さんにお父さまが援助なさった。小笠原さんは感激したんですって」

とつぜん里見の目に涙があふれた。

身体が小刻みに震えている。

里見は黙って目を伏せた。

大きな悲しみが里見を襲っているようだ。

亜澄の手がそっと上着のポケットに伸びた。

何をするつもりだと思った次の瞬間……。

オーケストラ演奏の音がかなりのボリュームで書斎に響き渡った。

「きゃっ」

彩音は両手で耳を押さえてうずくまった。

元哉も椅子から飛び上がるほど驚いた。

「な、なんだっ」

里見はけげんな顔でふたりを見ている。

亜澄は手にしていたスマホをポケットにしまった。

書斎には沈黙が漂った。

裏山の林が風にざわめく音が響いている。

「大変失礼しました」

亜澄は立ち上がって深々と一礼した。

元哉には亜澄の「お土産」の意味がすべてわかった。

「いったいなんのつもりですか」

彩音は目を吊り上げて怒声を発した。

「里見先生をお試しするようなことはしたくなかったのですが……」

身を縮めて亜澄は言った。

里見はぽかんと口を開けて亜澄を見つめている。

「先生はお耳が遠くていらっしゃるのですね」

つらそうな声で亜澄は言った。

「そんなことは……」

彩音は目を泳がせて口をつぐんだ。

元哉は自分が発言するべきだと思って立ち上がった。

「残念ながらわたしも見ていました。突然の大音響にわたしは椅子から飛び上がりました。あの大きな音でも、里見先生は不可解な表情を浮かべていただけでした」

「卑劣だわ、こんな手段で人を試すなんて」

軽蔑しきったような顔で、彩音は亜澄を見据えた。

「卑劣かもしれません。ですが、わたしは刑事なのです。真実を明らかにするのが仕事です。そのためには違法でない手段はなんでも使います。たとえそれが人倫にもとるような行為であってもわたしは迷いません。話を訊いた人が隠しごとをしているのを黙っているわけにはいかないのです」

亜澄の声は凛と響いた。

彩音は気まずそうにうつむいた。

「どうしてわかった？」

やや大きな声で里見が訊いた。

「お父さま……言ってはだめ」

彩音が里見の方にすがりついて首を横に振った。

里見は首を横に振ると、机の引き出しから補聴器を取り出して左耳につけた。

「彩音、やはり潮時なんだよ」

メガネを外しながら里見は口を開いた。

「小笠原さん、失礼した。あなたは優秀な警察官のようだ。わたしの耳の不調にどうして気づいたのかね？　申し訳ないがちょっと大きな声で話してください。この家のなかでは補聴器をつけて生活しているが、やはり聞きづらいことが多い」

いままでとは違って、里見の声は静かなものだった。

「一昨日、ここでお話を伺っていたときに違和感を覚えました。わたしは刑事として幾度となく尋問や事情聴取をしております。ですが、一昨日の聴取の際にはとても質問しにくかったのです。そんなことは初めてでした。帰ってからなにが不自然だったのか思い出してみました。録音する許可は頂いていなかったので、記憶に頼るほかありませんでした。ですが、思い出しているうちに気づきました。あの場でわたしが質問すると、先生はほとんどの場合即答なさいませんでした。必ずそばにいる彩音さんが質問の内容を簡単な言葉にして、アナウンサーのような正確な発声で繰り返していました。先生は彩音さんの言葉を聞いて返事を下さっているんだとわかりました。どのような仕掛けなのかはわかりません。でも、お耳が遠くていらっしゃることは間違いないと思いました」

亜澄は少し大きな声でゆっくりと説明した。

「ははは、刑事さんの観察眼にはかなわないな。仕掛けはこれだよ」

机に置いた黒いセル縁のメガネを手にして里見はふたりに見せた。

「そのメガネなんですか」

目を見開いて亜澄は言った。

「これはわたしを助けてくれている道具だ。詳しいことは彩音に話させる」

里見の言葉に彩音はあきらめたような表情で口を開いた。

「このメガネはいわゆるスマートグラスです。マイクが内蔵されていて、そばで喋る音声はしっかりと拾えます。しかも内部には音声をテキストに変換するソフトウェアが入っています。父は変換されたテキストを見ながら返事をしていたのです」

「そうだったのですか！」

亜澄はちいさく叫んだ。

スマートグラスを使っていたとは驚きだった。

音声をテキストに変換するソフトの精度は年々よくなっているだろうから、じゅうぶん実用に堪えるだろう。しかし……。

「でも、わたしは里見先生の顔をずっと見ていましたが、レンズにテキストが映っているようには見えませんでしたよ」

元哉は首を傾げた。

「たしかにレンズの下のほうなどにテキストを視認性のよい赤文字などで表示するのがふつうの方式です。ですが、このスマートグラスは、ドイツで開発された《ライト・ドライブ》技術によってその文字を網膜に直接投影する方式を採用しています」

「そんなスマートグラスがあるとは知らなかったな」

元哉は絶句した。

「いわゆるプロトタイプで市販はされていません。もともと聴覚障害者用に開発されたものではなく、知らない外国語を翻訳して表示するとか、目の前の敵に対する情報を兵士にリアルタイムに提供するなどさまざまな用途を想定しているようです。父は聞こえが悪くなってから、知人の紹介でドイツの技術チームに依頼してオンリーワンの製品として製作してもらったのです。ですから、このメガネがスマートグラスであることを知っている関係者は誰もいません」

冷静な口調で彩音は言った。

「そんな優秀なスマートグラスがあるのに、どうして彩音さんがサポートしていたんですか？」

亜澄の質問はもっともだった。

「人間は多くの場合、すっきりとは喋ってくれません。主語がなかったり、主語と述語の順番がひっくり返ったり……そうすると、テキストも複雑になってしまい、父はすぐに返事をすることができなくなります。また、距離が遠いとマイクでは上手く拾えないこともあります。ですが、話す相手があまり近距離だとこのメガネについてなにかしらの不審を抱くかもしれないので、話す相手とは距離をとろうとしていました。この方式には一種の矛盾があるのですね」

苦笑いを浮かべて彩音は言った。

「だから、そちらのデスクに座ってわたしの質問を受けたんですね」

亜澄は納得したようにうなずいた。

「はい、ちなみに小笠原さんは文脈がよく整理されていて、発声もたしかでした。マイクの集音機能を最大限のレベルまで上げれば、そのままでも大丈夫だったかもしれません」

彩音はわずかにほほえんだように見えた。

「恐れ入ります」

亜澄はちいさく頭を下げた。

「わたしの耳はもうだめなのだ。いまも小笠原さんがスマホをかざしたときになにやら音がしたとはわかった。だが、わたしの耳にはかすかに音楽が鳴っているとしか聞こえず、二人がなにに驚いているのかもすぐにはわからなかった。わたしの難聴は老化によるものだ。老化のために内耳と脳の聴覚中枢に障害が生じて聞こえにくくなっているのだ。発症したのは五年前だが、二年ほど前から聴力が急速に衰えてきた。その頃ですでに高度難聴といわれる状態だった。このレベルの聴覚障害者は全国に四〇万人はいると言われる。知っての通り、ベートーヴェンは二〇代後半から難聴が悪化した。やがてほとんどなにも聞こえない最高度難聴者となってしまう。わたしは彼の気持ちがよくわかるようになった。彼の絶望も痛いほど理解できた。ベートーヴェンの曲の解釈も変わったよ。わたしもどんなに暗い絶望の淵に立たされたことか。だが、わたしは絶望することにもう疲れてしまった」

「失礼なお尋ねかとは思いますが、どうやって指揮をなさっていたのですか」

亜澄は遠慮深い調子で尋ねた。

「倫人くんの力だよ。彼はわたしの音楽性を完璧に理解してくれていた。だから、彼にまかせてもわたしが指揮したのとほとんど変わらない演奏が可能だった。オーケストラが盛り上がるところではなんとか聞こえるが、ソロ楽器がピアニッシモとなるとまったくダメだ。もちろん一曲のうちでもわたしがリーダーシップを取っている部分は何箇所もあった。しかし、曲の大半は倫人くんが弾く弓に合わせてわたしが指揮をしていたようなものだ。わたしは彼が次にどう弾くかが完全にわかるからね。つまりこの二年間のわたしの指揮者としての仕事は、すべて倫人くんとの合作だったんだ」

里見は静かな声で笑った。

「そんなことができるなんて……」

亜澄は言葉を失った。

元哉にも信じられない気持ちだった。

「オケは指揮者なんていなくても、コンマスだけで演奏できるものなんだよ。オケのメンバーは苦労するだろうがね。だが、コンマスがいれば曲は成り立つ。つまり指揮者なんてもんはいらないのだよ。一八世紀までは職業的な指揮者は存在しなかったんだ」

自嘲的な表情で里見は言った。

「先生はリハの時に詩的なご指示をなさってきたと由良さんに伺いました。お耳のことと関係があるんですか」

亜澄の問いに里見は静かに首を振った。

「いや、それは以前からのことだ。そう、ここ一五年くらいかな。わたしがいちいち細かい指示を出すのは演奏家ひとりひとりを道具にしているのと同じことだ。わたしは言葉では抽象的な指示を出し、解釈は個々の演奏家に委ねたいと考えていたんだ。まぁ、耳が悪くなってからは、会話を避けていた。細かい解釈を口にしなくなったんで楽団員はつらかったろう」

「由良さんもそうおっしゃっていました。でも、三浦さんの弓についてゆけば大丈夫だったとも」

「そうだとも、みんな倫人くんについてゆけばよかったんだ。優秀な由良くんの言うとおりだよ。だから彼を失った新日本管弦楽団はどうすればよいのか……」

憂うつそうな声で里見は言った。

しばし書斎に沈黙が漂った。

里見が三浦を杖とも頼んでいたことはよくわかった。この父娘は間違っても三浦を手に掛けるようなことはないだろう。困るのは自分たちなのだ。

「小笠原さん、吉川さん、お願いです」

彩音は背筋を伸ばして元哉たちをつよい視線で見据えた。

全身から意志のオーラが放たれているように感じた。

「なんでしょうか」

亜澄はちょっと身を引いて訊いた。

「父の難聴のことは黙っていて頂けないでしょうか」

大きく身体を折って彩音は必死の声を出した。

「隠し続けたいのですか」

亜澄はやんわりと尋ねた。

「ここ二年間でも父は何度も新日本管弦楽団の指揮をしています。難聴だったと知ればコンサートに来て下さったお客さまは深く失望するでしょう。しかも去年の一〇月のオーチャードホールでの演奏などに対して近衛秀磨賞も受賞しています。父は断ろうとしましたが、三浦さんがつよく勧めたのです。三浦さんにとっても栄誉なことなのです。でも、その時点で難聴だったことが分かれば、世間からどんな非難を受けるかわかりません。新日本管弦楽団のみんなも深く傷つきます。だから、お願いです」

悲痛な声で彩音は言った。

「彩音、そんなものはもういいんだ。倫人くんがいなくなったからにはすべてはむなしい」

気の抜けたような声で里見は言った。

「そうはいかないわ。文化功労者にという噂も出ているのよ」

里見の顔を見て彩音はつよい口調で言った。

「わたしはもういいんだ。このまま静かに余生を送りたい。誰かが演奏した音楽を聴くことも難しくなっているんだ」

暗い声で里見は言った。

「黙っていてくださるなら、警察にとって有益な情報を提供しますわ」

彩音はいきなり妙なことを言い出した。

「おい、その話は……」

里見の言葉を彩音はさえぎった。

「いいえ、小笠原さん、取引しましょう」

熱っぽい口調で彩音は言った。

「取引ですか」

亜澄の声は裏返った。

「わたくしはひとりの犯罪者を知っています。あなたにそのことをお教えする代わりに、父の難聴を黙っていてください」

彩音は目を光らせた。

「捜査でどうしても必要となったら黙っているわけにはいきません。また、裁判で証言するような事態になったら偽証はできません。でも、そうでない限り、里見先生のお耳のことは誰にも言いません」

亜澄はきっぱりと言い切った。

「わたしも右に同じです」

元哉も同意した。

いささか不安はあったものの、里見父娘が犯人とは考えにくい以上、捜査本部に伝えなくてもおとがめを受けることはないだろう。

「では、あなた方を信じてお話しします。新日本管弦楽団には犯罪者がいます」

彩音は驚くべきことを口にした。

「いったい誰ですか？」

亜澄は彩音の目を見て訊いた。

「事務局の石川宗佑です」

ふたりの顔を交互に見て彩音はきっぱりと言った。

元哉と亜澄は顔を見合わせた。

細い目と薄い唇が神経質そうな痩せた五〇男の顔が元哉の脳裏に浮かんだ。

「あの男は多額の運営経費を着服しています。わたくしのお給料の一部も着服されています。わたくしひとりならいいんです。でも、オケのみんなのお給料をくすねているなんて許せません。みんな苦労しているのに」

悔しそうに彩音は言った。

「被害届を出してくださいますか」

亜澄はしっかりと念を押した。

「お約束を守ってくださるなら、被害届はもちろん出します」

彩音は即座に答えた。

「それならば正規の捜査ができます。着服にはあなたが気づいたのですか」

亜澄の問いに彩音はちいさく首を横に振った。

「わたくしにはわかりませんでした。父が決算書を見て気づいたのです。いくつかの経費が不自然に高額だったのです。父は過去に日本のオケでも音楽監督をつとめていました。それで、支出項目のアンバランスさに気づいたのです。たとえば広告宣伝費が高すぎるとか、楽団員の交通費が不自然だとかといった内容です。会計報告を三年ほど遡るとすべての年の支出項目に不自然な部分が見つかりました。そこで父が石川に電話して問いただしたところ、石川は自分の罪を認めました。わたくしたちの給与が少しずつ着服されているのです。まったく以て許せない男です」

彩音は眉間にしわを寄せた。

「ふたつお尋ねしたいことがあります」

亜澄は彩音の目を見て訊いた。

「なんなりと」

「まず難聴についてはどなたがご存じですか」

「わたくしのほかには三浦さんとピアニストの椎名さんだけです」

こんなところで椎名の名前が出てきて元哉は意外な気がした。

「椎名さんは先日行った『由比ヶ浜協奏曲』のリハで気づいてしまったようです。わたくしに心配そうに尋ねてきたので父と相談して真実を話しました」

彩音の言葉に元哉は納得した。

そう言えば椎名は近衛秀麿賞や文化功労者について話していた。

あのときの発言の文脈はさっき聞いた彩音の話とほぼ同じだった。

椎名は里見父娘とそんなことについて話し合ったのだろう。

「もうひとつ、着服の事実を知っているのはどなたですか」

亜澄の質問に彩音は一瞬考えてから答えた。

「事務局内部のことはよく分かりませんが、誰も気づいていないと思います。オケで知っているのはわたくしだけです。でも、わたくしが父からこの話を聞いたのは昨日のことです。父は三浦さんにも話していませんでした」

彩音の言葉を里見が引き継いだ。

「あいつがくすねていた分はオケの連中の給料だった。先月から三度ばかり石川に自首を勧めていたんだ。だから、わたしは彩音にも黙っていた。だが、あいつはビクビクしていて警察には行ってない。倫人くんがあんなことになったんで、わたしには石川を追いつめる力なんてものは消えてしまった。だから、彩音に石川の説得を続けてもらいたいと思ったんだ。しかし、長年、新日本管弦楽団を支えてきたのになんでそんなことをしたのか……」

力なく里見は言った。

瓢簞から駒だ。しかし、これは石川が里見父娘を殺す動機にはなっても、三浦をあやめる動機にはならない。とは言え、石川を攻めればなにかしらの事実が飛び出す可能性はある。

「わかりました。この件は鎌倉署刑事課の管轄となります。もし差し支えなければ、これから鎌倉署までお越し頂きたいのですが」

亜澄は丁重な調子で頼んだ。

「もちろん伺います。ちょっと支度して参りますね」

明るい声で彩音は部屋から出て行った。

「小笠原さん、吉川さん、いろいろとお世話になります」

里見が元哉たちに近づいてきた。

「わたしはあなたたちのような優秀な刑事さんがいらっしゃることに感銘を受けました。

これからも神奈川県民の平和のために頑張って下さい。彩音の取引とやらは気にしなくてけっこうです。わたしは倫人くんをうしなって、なにもかもがどうでもよくなったのです」

投げやりな声で里見は言った。

「でも、必要に迫られない限り黙っております」

亜澄ははっきりと告げた。

「ありがとう」

里見は亜澄と元哉の手を次々に握った。指が長くひんやりと冷たい手だった。

彩音が黒いワンピースに着替えて戻ってきた。

「さぁ参りましょう。お父さまは休んでらして」

「うん、ちょっと休んでいるよ。おふたりとも失礼します」

里見は踵を返してゆっくりと書斎から出て行った。

その背中はたとえようもなく淋しかった。

元哉たちはタクシーを呼んでもらって鎌倉署に彩音を連れて行った。

亜澄は捜査本部には寄らずにまっすぐに刑事課に向かった。

三木《みき》直文《なおふみ》知能犯係長に事実を告げて彩音から事情聴取した。三木係長は特捜本部にいた大野《おおの》治夫《はるお》刑事課長と相談して被害届を受理して事件化することを決定した。

彩音は安心して帰っていった。

元哉と亜澄は一時的に三浦倫人殺害事件の捜査から外れて知能犯係の助っ人となることが決まった。二階堂管理官は渋い顔だったが、大野課長が頑張ってくれた。石川を洗うことは三浦倫人殺害事件の捜査にプラスになると判断されてのことだった。

元哉は石川を追いたかったので大野課長に感謝した。いまのところ動機ははっきりしないが、そこには必ず解決の糸口があると直感していた。

亜澄も同じらしく、鼻歌交じりで報告書を書いていた。

鎌倉署刑事課の強行犯係は亜澄を除いて係長以下全員が捜査本部に取られている。

翌日の木曜日、元哉・亜澄と鎌倉署知能犯係は一日がかりで立件の準備を整えた。

3

金曜日の午前四時半。元哉と亜澄は、鎌倉署の捜査員たちとともに、新日本管弦楽団事務局前の小町大路で夜明けを待っていた。

小町大路には街灯が少なく、この時間は民家の照明も消えているものが多いので、意外と薄暗い。

三階建てのおんぼろビルもぼんやりと見えている。

住宅の庭からなのか虫の鳴く声がかすかに聞こえていた。

事務局に家宅捜索に入って石川宗佑の業務上横領事件に関する証拠収集のための捜索差押を執行するためであることは言うまでもない。

刑事訴訟法第一一六条により捜索差押許可状は原則として夜間執行はできないことになっている。被疑者等の人権に配慮した規定だ。

このため、捜索差押や逮捕は日の出直後に行われることが多い。

三木知能犯係長をリーダーに知能犯係の四名と盗犯係三名、さらに組織犯罪対策係からも捜査員が参加していた。知能犯係はわりあいとスマートな男たちが多かった。盗犯係は肉体労働者風の男ばかりだった。組織犯罪対策係の捜査員はマル暴刑事である。ヤクザと間違えそうな坊主頭のいかつい男ひとりだった。強行犯係の亜澄は紅一点である。

近くのコインパーキングには、覆面パトカーと証拠運搬用のバンも待機している。

すでに知能犯係が、石川がこの建物内で就寝したことを把握していた。どうやら、このところ石川は自宅には帰らず事務局に寝泊まりしているようである。

東の方角に当たる朝比奈峠方向の低い山並みの上空が少し白み始めた。

捜査員たちが無言で白錆の浮き出たアルミドアの近くに集まってきた。

道が狭いので、助っ人の元哉と亜澄は少し離れた位置で待機した。

「もうすぐね」

元哉の隣で亜澄が楽しそうに囁いた。

「ああ、いつまでも待っていると蚊に喰われてつらいな」

とぼけた声で元哉は答えた。

日の出は四時四七分である。

「時間だ」

時計を見ながら三木係長が静かに声を発した。

ひとりの知能犯係の捜査員がドアに歩み寄って呼び鈴を押した。

室内からはなんの物音もしない。

捜査員は呼び鈴を押し続ける。

「石川さん、おはようございます」

何度か捜査員は同じことを叫び続けた。

ドアの向こうで蛍光灯の明かりが点った。

「なんですか」

半分寝ぼけたような男の声が室内から聞こえた。

「神奈川県警です。ここを開けてください」

ドアが少し開いた。

縞のパジャマを着た石川が顔を覗かせた。

まだ半分寝ているような目つきだ。

三木係長が捜索差押許可状を石川の顔の前でひろげた。

「神奈川県警です。石川宗佑さんですね。刑法第二五三条業務上横領罪の嫌疑で、財団法人新日本管弦楽団事務局をこれより家宅捜索します」

三木の声は離れた場所に立つ元哉にもはっきりと聞こえた。

石川の両目が大きく見開かれた。

ドアをバーンと開けて石川は建物を飛び出した。

三木係長は左へ避けたが、危うくドアにぶつかるところだった。

裸足のまま、石川は捜査員をすり抜けた。

まさに脱兎のごとく、元哉たちの立つ方向に走り始めた。

「待てっ」

「待たんか」

「逃げるなっ」

捜査員たちは石川を追った。

逮捕状は発行されていないが、逃げる被疑者を追いかけるのが刑事の習性だ。

「うわっ、うわっ、うわっ」

石川は意味不明の声を上げながら走っている。

「この野郎ーっ」

マル暴刑事の野太い声が響いた。

プロレスラーのような体形にもかかわらず意外と走るのが速い。

トップを切って石川を追っている。

「うわーっ」

石川は元哉と亜澄が立つ場所に走ってきた。

元哉と亜澄は並んで立って石川を捕らえようと身構えた。

ささっと目を泳がせて石川は亜澄めがけて突進した。

女だからという判断をしたのだろう。

「どけーっ」

雄叫びを上げて石川は走ってくる。

「通すかっ」

亜澄の叫び声が響く。

石川は右手の拳を振り上げて亜澄を殴ろうとした。

さっと亜澄が身をかわすと、石川は拳を突き出して亜澄を攻撃した。

亜澄は突き出された石川の手首をさっとつかんだ。

「ぐええっ」

絶叫が聞こえた。

亜澄は石川の親指を下側にして外側にひねり上げた。

「痛いっ、痛いじゃないか、放してくれっ」

石川は派手な悲鳴を上げた。

亜澄は顔色も変えず、自分のポケットから左手で黒い手錠を取り出して石川の左手首に掛けた。

ガチャリと冷たい金属音が響いた。

「石川宗佑、公務執行妨害罪で現行犯逮捕する」

亜澄は堂々とした声音で宣告した。

「午前四時五二分」

元哉はかたわらから叫んだ。

元哉が加勢するまでもなかった。素人が警官に立ち向かってもしょせんはこんなものだ。

巡査部長である亜澄はきちんとした逮捕術を習得している。

「おい、小笠原、吉川、おまえらが署まで連行しろ」

歩み寄ってきた三木係長が下命する。

ひとりの知能犯係の捜査員が面パトのキーを元哉に渡した。

「若いの、そっちのホシだといいな」

捜査員は元哉の肩をポンと叩いた。

面パトの後部座席に石川を乗せ、隣に元哉が座った。

ステアリングは亜澄が握った。

「俺はやってない。やってないんだぁ」

石川はわめき立てた。

「騒ぐな。耳もとで怒鳴るなよ。詳しい話は署で聞いてやるよ」

元哉は諭すように言った。

鎌倉署に着いた元哉たちは、とりあえず石川の身柄を刑事課の取調室に入れた。

家宅捜索と現行犯逮捕の詳細を伝えると、捜査本部の二階堂管理官は、とりあえず公務執行妨害の調書を取れと下命した。業務上横領の立件のためには家宅捜索で押収した証拠が必要になる。

だが、二階堂管理官は、三浦倫人殺害の件についても尋ねるように命じてきた。

最初に石川を取り調べることになったのは、当然のように元哉と亜澄だった。

メインは巡査部長の亜澄が担当し、元哉はサブということになる。

人手が足りないので、捜査本部に吸い上げられていた藤沢署の若い巡査が記録係となった。

取調室に連行された石川は暴れたりはせず、おこりが落ちたようにおとなしかった。目をキョロキョロと泳がせてきわめて不安定な精神状態だった。

公務執行妨害罪の行為については、石川はあっさりと認めた。

あれだけの刑事が目撃しているのだから否認しても意味はない。

しかし、その理由については、まともな答えを返さなかった。

「なんで逃げたのよ」

「寝ていたら警察の人があんな大勢やってきて怖くなったからです」

石川はオドオドした表情で答えた。

「いい加減なこと言うんじゃない」

亜澄は石川を見据えてつよい口調で言った。

「石川宗佑さん、あなた、三浦倫人さんを殺したんでしょ」

亜澄は単刀直入にずばりと訊いた。

「な、なにを……わたしはそんなことやってません」

舌をもつれさせ、身体を震わせながら石川は抗った。

「やってないのね。じゃあなんで逃げたのよ」

間髪を容れずに亜澄は訊いた。

「だから警察の人が怖くて……」

身をすぼめて石川は答えた。

「そんな言い訳が通じると思っているの」

石川をきつい目つきで睨みつけて亜澄は言った。

ずっと長い間、そんな押し問答か、黙秘が続いて埒《らち》が明かなかった。

午前八時半をまわった。

「小笠原、ちょっと席を外すぞ」

「どうぞ」

元哉は亜澄に断って席を立った。

空き部屋に行った元哉は鎌倉海濱芸術ホールに電話を入れた。

さっき亜澄と打ち合わせた内容を尋ねるためだ。

戻ってきた元哉は椅子に腰掛けると、いきなり石川に言った。

「ちょっと鎌倉海濱芸術ホールに照会を掛けてみたよ。いまの責任者の遠藤さんは別の職場にいたし、ステマネの相木さんも契約していなかったから知らなかったらしい。だけど、あんた、一三年前まであそこの職員だったんだってな」

横で聞いていた亜澄は一瞬驚きの表情を浮かべたが、すぐに無表情に戻って問いを発した。

「どうなの？　ホールの職員だったの？」

亜澄は石川を見て早口で問い詰めた。

石川はうつむいたまま黙っている。

「黙ってないで正直に言いなさい」

亜澄は諭すように言った。

「はい、遠藤さんと同じ仕事をしていました」

蚊の鳴くような声で石川は答えた。

「そうだな、あんたは二〇〇九年の三月末に管理課長で退職している。ごまかそうたって無駄なんだよ。古い職員台帳が残っているんだな。ま、警察や公立学校の教職員の職員台帳なんて永久保存だから、別に不思議はないけどな」

皮肉っぽい口調で元哉は言った。

この事実に捜査本部では気づいていなかった。もちろん元哉もホールの閉鎖済み職員台帳など存在も知らなかったのだ。

「それなら、あのホールの構造や警備態勢についてはよく知ってるはずよね？」

亜澄は意地の悪い口調で訊いた。

「なに言ってるんですか。警備だってわたしが勤めていた頃とはまるで違いますよ」

つよい口調で石川は主張した。

「へぇ、よく知っているじゃない。あなたは一三年前に退職しているんでしょ。なんでいまの態勢を知ってるのよ」

亜澄はここぞとばかり突っ込みを入れた。

「それは……」

しまったという表情を石川は見せた。

「あなたは何らかの目的を持って、現在のホールの状況を調べていたんでしょ。アラームやCLライトの構造や吊り物操作盤の鍵やらね」

石川はそっぽを向いた。

「わたしの目を見なさいっ」

亜澄の剣幕にビクッと身体を震わせて石川は亜澄に顔を向けた。

「アラームのセットや解除についても知っていたでしょうし、どこに防犯カメラが設置されていたかもチェックしていたはず。もしかすると、吊り物操作盤のスペアキーなんかもひと晩盗み出していたんじゃないの」

亜澄は追及の手をゆるめない。

ふたたび石川はうつむいて唇を引き結んだ。

「黙秘しても無駄だよ。いままでは被疑者を特定できなかったから、防犯カメラの映像チェックもホールだけしかできなかった。でも、あなたというターゲットに絞れば話は違う。鎌倉じゅうの防犯カメラをチェックすれば必ずあなたの映像は見つかる。ほかにも証拠は出てくる。ホールの機械警備をオン／オフするウェブサイトにどこのＩＰからログインしたかだって、いずれ解明できる。証拠はいくらでも集まってくる。いざとなれば、行ってるはずのないホール事務室から、あなたのＤＮＡだって採取できるでしょう。警察はいざとなれば徹底的に調べるのよ。もうあなたは逃れることはできない。そろそろ本当のことを話しなさい」

嚙んで含めるように亜澄は言った。

「だけど、わたしは殺してない」

つぶやくように石川は言った。

「いい加減なことを言わないで、無駄な抵抗よ」

亜澄は取り合わなかった。

「動機は、動機はどうなんだ。わたしには三浦を殺す動機なんてないんだ」

顔を上げた石川はいきなり声を張り上げた。

「動機はこれからの捜査で浮き上がってくるはずよ」

突き放すように亜澄は言った。

ふたたび石川はうつむいて唇を引き結んだ。

かなりの時間が経過した。

今度は亜澄は辛抱強く待った。

石川が喋りそうだという感覚は元哉も持っていた。

「未遂と既遂じゃ罪の重さは違いますよね」

顔を上げた石川は訊いた。

なにを言い出すんだろうと、元哉は石川の顔を見た。

三浦倫人殺害は言うまでもなく完全なる既遂事件だ。

亜澄も内心では驚いているはずだが、少しも表情には出さない。

彼女もさすがはプロの刑事だ。

元哉と亜澄は、石川を刺激せずにおいて好きに喋らせなくてはならない。

「法定刑に違いはない。でも、刑法第四三条には未遂減免という規定があるから刑が減軽されるのが通常だね。殺人罪は死刑または無期もしくは五年以上の懲役となっているけど、未遂の場合、いわゆる量刑相場では懲役三年から七年程度ね」

平静な表情を保ったまま、やわらかい声で亜澄は答えた。

「わかりました。きちんとお話ししますよ」

思い切ったように石川は言った。

「本当？」

亜澄はわざと疑わしげに訊いた。

「ええ、わたしが三浦を殺していないことは事実ですから」

石川は強気で言った。

「記録しっかりね」

亜澄は記録係の巡査に声を掛けた。

「おまかせください」

若い巡査はハキハキとした声で答えた。

「あなたの七月二二日夜の行動を話してください」

言葉をあらためて亜澄は訊いた。

「はい、わたしは七月二二日の晩、ゲネプロが終わってから退出しましたが、実はホール敷地内の照明が当たっていない木陰に身を潜めていました。この木陰には大型ザックに入れたロボットアームやケトルベルをゲネプロ中に運んでおきました。遠藤課長たちがアラームをセットして退出し敷地から出てゆくのを確認してから、オークションで購入した使い捨てSIMを入れたスマホでアラームを解除しました。その後、かつてこっそり盗み出してコピーを作っておいた鍵を使って下手袖の非常口から館内に侵入しました。その後、ホールの職員であった頃にコピーを作っておいた合鍵で事務室に侵入し吊り物操作盤の鍵を盗み出しました。さらに下手袖に向かい、吊り物操作盤を用いて第一CLライトを台枠ごとステージ付近まで下ろしました。続けてケトルベルを取りつけたアームを金属製バンドを用いてライトに取りつけ、ふたたび天井に戻しました。すべての準備が整うと、非常口から退出し再度遠隔操作でアラームをセットしました」

石川は比較的ゆっくりと供述した。

供述内容は筋が通っていた。犯人しか知らない事実、いわゆる秘密の暴露が含まれていないのが残念だったが、検事はこれでもじゅうぶん起訴できるだろう。

「確認ですが、ホールへの侵入と退出の時間を教えてください」

亜澄は石川の目を覗き込んで問いを重ねた。

「侵入はみんなが退出して、徒歩の人が駅へ向かって敷地から離れ、あるいはクルマの人が駐車場から出て行ったのを見定めて……九時過ぎだと思いますが、それから数分のうちです。退出はよく覚えていませんが、準備を済ませてからすぐです」

石川は迷いなく答えた。アラームの記録と一致する。

「犯行準備中、いったんアラームを解除しましたか」

亜澄の問いに石川は首を横に振った。

「いいえ、そんなことはしていません」

元哉と亜澄は顔を見合わせた。

石川の言葉が事実だとすると、アラームの記録と矛盾する。

「本当に？」

亜澄は疑わしげな声で訊いた。

「ええ、なんでそんなこと訊くんですか」

釈然としない表情で石川は答えた。

「あなたは装置を仕掛けた後にすぐに退出しましたか」

亜澄は問いを重ねた。

「実は非常口まで来てから二度ほど現場に戻りました」

「それは犯行をためらったからですか。思い直して装置を外そうと迷ったための行動なのですか」

「そういうことだったのかもしれません」

あいまいな言葉で石川は答えた。

「でも、アラームはセットしていないのですね？」

念を押すように亜澄は訊いた。

「はい、非常口と現場の間をウロウロしただけです。結局、装置はそのままにして外に出ました」

石川はうつむいて口をつぐんだ。

「ホールから退出した後はどうしましたか？」

亜澄は質問を変えた。

「自分のしようとしていることが怖くなって、しばらく由比ヶ浜の浜辺にいました。何度か引き返そうとも思ったんです。最後は思い切りがついて、事務局まで歩いて帰りました。仮眠室でウィスキーを飲んで寝てしまいました」

力のない声で石川は答えた。

「アラームのパスワードはどうやって入手したのですか」

亜澄は尋問を続けた。

「パスワードは以前、ステマネの相木が遠隔操作しているところを盗み見て覚えました。たった五桁なので覚えるのは容易でした」

「では、事件当日七月二三日の行動について話してください」

亜澄は話の続きを促した。

「さらにコンサート当日、客席から周囲の目を盗んでＢｌｕｅｔｏｏｔｈのリモコンを操作し、ケトルベルを落下させたのはわたしです。ですが、わたしは三浦倫人を殺していません。なぜなら、わたしが殺そうとしたのは三浦ではないからです。わたしは里見義尚を殺害するつもりだったのです」

はっきりとした口調で石川は言った。

「なんですって！」

亜澄はあらぬ声を出した。

元哉も心臓が搏動《はくどう》した。

そうだったのか……。

「詳しく話してください」

亜澄は気を取り直したように尋問を再開した。

「わたしは新日本管弦楽団の運営経費の一部を着服していました。そのことを里見義尚に感づかれて自首するようにと迫られていたのです。そこで、里見を殺害しようと計画を練り、準備をしました。わたしは指揮台の真上にケトルベルが落ちるようにロボットアームをセットしたはずなのです」

「CL1-⑥というまんなかのライトですね」

亜澄の声はわずかに震えた。

「ああ、そんな風に呼んでましたね。そうです、そのライトです。なのに、スイッチを押したら、ケトルベルは三浦倫人の頭上に落ちてしまいました。見上げると、ライトはわたしが取りつけた位置より下手側に付け替えられていました。何者かが付け替えたんだ。真犯人はそいつです」

石川は口を極めてうそぶいた。

「ロボットアームが取りつけられていたのは、CL1-⑨というステージ下手側のライトでした」

亜澄の言葉に、石川は力づよく首を横に振った。

「そんなはずはないんです。わたしは里見を殺害しようとしたのです。さっきも言いましたが、わたしには三浦を殺す動機がないんだ。彼が死ねば、オケの運営に支障を来す。わたし自身が困るんです。わたしは三浦を殺していません」

石川の声は段々高くなり、最後は叫び声となった。

「わかりました。とりあえずいったん休憩にしましょう」

亜澄は立ち上がった。

元哉たちは二階堂管理官に事情聴取で得られた供述について詳しく話した。

横領の事実を摑まれていたために里見を殺そうとしていたが、何者かによってロボットアームの取付位置を変更されたために三浦が死んだ、との石川の供述を二階堂管理官はまったく信用できないと答えた。

供述が真実であれば、三浦の死亡という結果は何者かの手によって発生したものであり、石川は未遂の責任を負うことになる。しかし、捜査本部は他者の介在は時間的に考えても困難であり、真実とは考えられないと判断した。自分の既遂の罪を免れようとして石川が作り話をしているものとされたのである。

元哉も、石川の主張が真実とはどうしても思えなかった。

金曜日午後と土曜日の捜査で防犯カメラの映像から、犯行時刻の前後に石川が若宮大路を由比ヶ浜方向へ歩いて往復しているところなどの記録が見つかった。

ロボットアームやケトルベルは、石川が友人に頼んで通販で購入していたことも判明した。

立件に耐えうる証拠収集ができたものとして、二階堂管理官は横浜地裁に対して逮捕状の請求を行った。

捜査一課は石川宗佑を三浦倫人殺害容疑で通常逮捕した。

鎌倉署知能犯係は現在、押収した経理関係の帳簿や通帳類を解析している。はっきりした結果がまもなく出るだろうとのことだった。石川は業務上横領罪でも起訴されることになるだろう。

石川の逮捕を以て特別捜査本部は解散となった。

解明しないとならない点は二つ残った。

まずは石川がなぜ三浦を殺さなければならなかったのかという動機である。捜査本部では石川の着服に三浦が気づいていて告発するなどと石川に告げていたのではないかと推察していた。

二点目はアラームが一〇時一〇分にいったん解除され一八分後に再度セットされていたことについて、石川が記憶にないと主張していることである。捜査本部では、石川の記憶違いではないかと考えていた。重大な犯罪の実行時について犯人の記憶に混乱のあるケースはまま見られることだ。

鎌倉署に留置されている石川は、捜査一課のベテラン捜査員が動機の解明のために尋問している。こちらも数日のうちには自供が取れるものと考えられた。

いずれにしても一件落着となったわけだ。

「あたし、どうしてもアラームが気になるんだよね」

捜査本部の解散後、亜澄は釈然としない表情で言った。

「石川は殺人装置を仕込んでたんだぞ。異常な興奮状態だったはずだ。勘違いすることだってあり得るさ。過去にも犯人の記憶違いの供述なんて山ほどあるよ」

元哉は捜査本部の判断に反対ではなかった。元哉たちは本件から解放されるのだ。

「そうかなぁ」

亜澄は首を傾げながら特捜本部を去った。

元哉も日曜日には公休が取れることとなった。

土曜日の晩は久しぶりのパラダイスだった。

サブスクで、すかっとする映画でも観ようとタブレットをいじっていたときだった。

机の上でスマホが鳴った。

誰からの電話かは着信音でわかる。

『ジョーズ』のテーマだ。緊迫感をあおるチューバの音が響く。

出たくはないが、仕事の関連だったらまずい。

仕方なく元哉はスマホを手に取った。

「お元気？」

耳もとで妙に明るい亜澄の声が響いた。

「何の用だよ」

めいっぱい不機嫌に元哉は答えた。

「ねぇ、明日の日曜日ヒマでしょ？」

声だけはさわやかに亜澄が訊いてきた。

嫌な予感しかない。

このセリフを枕詞のようにして、亜澄は元哉の意思に反して行動させる。

やっと捜査本部が解散して、ベッドで眠れる日が戻ってきたのだ。

「忙しい、忙しい、忙しい」

元哉は声を張り上げた。

「耳が痛くなるよ」

亜澄が顔をしかめるのが見えるような気がした。

「予定があるんだ、切るぞ」

元哉の言葉に覆い被せるように亜澄は言った。

「なんの予定があるのよ？」

「おまえに言う必要ないだろ」

最高に素っ気なく元哉は答えた。

「そんな冷たいこと言っていいのかなぁ？」

ヘラヘラと亜澄は笑った。

「また、恩に着せる気かよ」

元哉は目いっぱい不機嫌な声を出した。

「小倉《おくら》ってせんべい屋の子にいじめられてた頃、キミを助けていたのは誰だったたっけなぁ」

亜澄のお得意モードが始まった。

小学校の頃、ひ弱だった元哉は同じ商店街の《立野屋《たつのや》》というせんべい屋の孫にいじめられていた。

ふたつ下で背丈も低いのに、亜澄はめちゃくちゃ気がつよかった。元哉の背中に砂を入れる小倉をぶったり蹴ったりして退治してくれるようなことが少なくなかった。だが、それは一〇歳くらいまでの話だ。

「わかったよ、その話はもういいよ、さっさと用件を言えよ」

うんざりして元哉は話の先を促した。

亜澄は意味ありげにふふと笑った。

「どこへ何時に来いって言うんだよ」

面倒くさくなって元哉は訊いた。

「午前一〇時に鎌倉海濱芸術ホールの通用口に来てね」

亜澄は明るい声で言った。

事件と関係があるのだろうか。

「なにが始まるんだ」

「来てのお楽しみ。じゃあ待ってるからね」

亜澄はさっさと電話を切った。

4

亜澄は元哉を鎌倉海濱芸術ホールの舞台裏手、楽屋が並ぶロビーに連れて行った。

手には黄色い花がメインのちいさなブーケを持っている。

四つ並んだ黒いスチールドアの左から二番目に、亜澄は歩み寄っていった。

「こんにちは、小笠原亜澄ですぅ」

ドアをノックすると、甘ったるい声で亜澄は名乗った。

すぐにドアが開いて、椎名の長身が現れた。

真っ白なシルクドレスシャツに黒いパンツを穿いている。

「あ、小笠原さん、わざわざ来て下さったんですか」

明るい驚きの顔で椎名は言った。

「どうも、吉川です」

とりあえず元哉もあいさつした。

「あ、吉川さんも、ありがとうございます」

ちょっとけげんな顔で椎名は答えた。

「『由比ヶ浜協奏曲』のリハがあると伺って駆けつけました。今日は日曜なんでお休みなんです。はい、ささやかながら応援のラッキーブーケです」

亜澄がブーケを手渡すと、椎名は満面に笑みをたたえた。

「ありがとう。嬉しいなぁ。来月、本番なんですよ。でも、誰から聞いたんです？」

「パーカッショニストの由良さんです」

「由良くんか。もう来ると思いますよ」

納得がいったように椎名はうなずいた。

二号楽屋は一五畳くらいの広さの明るい部屋だった。

部屋の中央には白い樹脂天板の大きなテーブルがあって、黒い座面の椅子が三脚ずつ並んでいた。

白壁の奥の一面には照明が点った楽屋鏡が五台並んでいる。五人が標準使用人数なのだろう。いまは椎名のほかには人影はなく、手荷物と思われるものもシルバーのキャリーケースが一つだけだった。

「とにかく座ってください」

椎名はテーブルを右手で指し示した。

「失礼します」

亜澄がドア側のまん中に座ったので、元哉は隣に座った。

「これお弟子さんが持って来てくれたコーヒーなんです。僕はブラックしか飲まないんですが、もしよかったら」

椎名は如才なく言って紙コップを並べると、次々に注いでいった。

「いい香り」

亜澄はかわいらしくクンクンと鼻をうごめかした。

この女は俗に言うぶりっ子的なあざとさを持っている。

「いや、あの日中止になった『由比ケ浜協奏曲』をこのホールで演奏できるなんて夢のようです」

椎名は感慨深げに言った。

「里見先生が指揮なさるんですか」

元哉も訊きたかったことだ。

「いえ、里見先生は来週の週明けに引退宣言の記者発表をなさるそうです。コンサートマスターに就任予定の彩音さんが臨時でタクトを振ります。本番でも同じ編成です」

椎名は静かな口調で言った。

これからは彩音が楽団を率いることになるのか。

コンサートマスターとなる彩音に代わる第二ヴァイオリン首席奏者も選ばなければならない。里見義尚と三浦倫人が欠けた新日本管弦楽団で彩音の双肩には大変に重い負担がのしかかることになりそうだ。

「一曲だけでコンサートを開けるんですか」

亜澄が言うように、経営的には成り立たないような気がする。

「実はね、今回は里見先生がすべての経費を持って下さったんです。だから、無料コンサートなんですよ。メール応募したなかから、抽選で一五〇〇名の方をご招待することになっています。新日本管弦楽団の事務局には負担掛けちゃいますけどね」

椎名は肩をすくめた。

「石川事務局長が三浦さん殺害容疑で逮捕されました。現在、勾留中です」

亜澄は暗い声で言った。

「ええ、本当に恐ろしい……あんなことを……」

椎名は声を詰まらせた。

「当面は次長さんが代行するそうです」

「事務局も大変ですね」

亜澄の顔を眺めながら、椎名は言葉を続けた。

「ところで、リハを聴いていきませんか」

椎名はさらっと言った。

「え、嬉しい。いいんですかぁ」

鼻を鳴らして亜澄は喜んだ。

「短い曲ですからね。一〇時半から通し稽古しますので、それに合わせて客席に入ってください。それまではロビーでお待ち頂いてけっこうです。相木さんには連絡しときます」

にこやかに椎名は言った。

「ありがとうございます」

亜澄は丁重に頭を下げた。

一〇時二五分になったところで元哉たちはロビーから客席に入った。

ステージには新日本管弦楽団のメンバーが勢揃いしている。

客席には元哉と亜澄、里見義尚と相木の四人しか座っていなかった。元哉としてはもちろん、こんな経験は初めてである。

リハなので上手袖からの入場はなく、彩音は指揮台に立った。

黒いパンツスーツ姿で髪をひっつめた姿は凜々しかった。

両手をオーケストラに向けてやわらかな指先が動き始めた。

さざ波のようなコントラバスの音から曲は始まった。

弦の音はチェロ、ヴィオラ、ヴァイオリンとひろがっていって、やがて木管楽器が踊るような旋律を奏でた。

ピアノの音が響き始めた。

流麗なピアノの響きはまるで由比ヶ浜に寄せ来る波のようだった。

東洋的な旋律と西洋的な旋律が交互に現れる不思議な曲だった。

今日は由良も忙しく、シンバル、トライアングル、ウインドチャイム、銅鑼と次々に楽器を持ち替えている。

エンディングは大いに盛り上がった。

咆哮する金管楽器と踊り狂う木管楽器、激しい波のような弦楽器がドラマの最後を華やかに演じきった。

ラストの和音が響き渡る。

各楽器の音の余韻が四方に消え去ろうとしたそのときだった。

椎名の頭上に黒い丸い塊が落ちてきた。

「うわーっ」

椎名は絶叫した。

「うわっ、うわっ、うわっ」

そのまま椎名は床に頭を擦りつけてしまった。

「ごめんなさい、ごめんなさい」

身も世もないようすで椎名は謝り続けている。

里見は目をまん丸に見開き、口もきけないほど驚いている。

相木はいつの間にか消えていた。

亜澄は冷徹な観察者の目でステージを見ている。

どうやらやわらかい素材のようだが、かたちと大きさは本物の凶器のケトルベルそっくりだ。

この「凶器」は相木に協力してもらって亜澄が仕込んだものに違いない。

オケのメンバーはなにが起きたのかわからず、ぼう然と椎名を見ている。

だが、彩音だけは平静な表情だった。彼女も亜澄の計画を知っているとしか思えなかった。

静かに立ち上がった亜澄に元哉は続いた。

ふたりは上手側のステップから舞台へと上がった。

突っ伏して震えている椎名に、亜澄は静かに歩み寄った。

「楽屋へ戻りましょうか」

やさしい声で亜澄は呼びかけた。

元哉と亜澄が抱えるようにして椎名を二号楽屋に連れて行った。

亜澄は椎名を椅子に座らせ、すぐ横に椅子を運んで自分が座った。

念のため、元哉は内鍵を掛けた。

もっとも元哉と亜澄がそろっていて椎名を逃がすことはあり得ない。

それ以前に椎名はまともな精神状態ではなかった。

恐怖は去っているはずだが、大勢の前で失態を演じたことで完全に参っているようだった。

大いなる恥辱が椎名の全身を包んでいると見えた。

椎名の震えが収まるのを待って、亜澄はやわらかい声で訊いた。

「やっぱりあなただったのですね」

「すみません、すみません」

両肩を大きくすぼめ、椎名はカクカクと木偶《でく》人形のように頭を下げている。

「なぜ、こんな恐ろしいことをしたんですか」

亜澄は静かな声で尋ねた。

「里見先生を守りたかった。ただ、それだけです」

力のない声で椎名は答えた。

「三浦さんを殺すことが、どうして里見先生を守ることになるんですか」

亜澄の問いに椎名はうつむいて固く唇を閉じた。

「もしかすると、里見先生の難聴のことと関係がありますか」

亜澄の問いかけにハッとしたように椎名は顔を上げた。

「知っていたんですか」

「はい、ほかの人には話さない約束ですが」

「そうです。ヤツは里見先生の難聴を公表すると言っていたのです」

少しだけ椎名は落ち着いてきた。

「里見さんと三浦さんは父子のような関係だったのではないですか」

亜澄は首を傾げた。

「四ヶ月ほど前まではたしかにそうでした。ですが、その関係は一夜にして崩壊したのです」

椎名はぶるっと身体を震わせた。

「なぜ、そんなことが起きてしまったんですか」

「壬生のじいさんが悪いんです」

椎名は眉間にしわを寄せた。

意外な人物の名前が出てきた。

「どういうことか話してください」

「じいさんが酔っ払って余計なことを喋ったせいです」

「余計なこと？　詳しく話してください」

「あなたは里見先生と三浦倫人の関係をどこまで知っていますか」

「一九八〇年代、里見先生と倫人さんのお父さんである三浦倫安さんのふたりのヴァイオリニストがチェコ交響楽団にいたときのお話を聞きました。マコフスキーという世界的な大指揮者が倫安さんに『ＮＯ』とダメ出しをした。そのせいで倫安さんは事実上解任されてしまった。失意のうちに帰国した倫安さんはほどなく病死した。忘れ形見の倫人さんに里見先生は長年多額の経済的援助を続けて、倫人さんは日本芸術大学に進学できひとかどのヴァイオリニストになった。壬生さんからはこんなお話を伺いました」

亜澄の言葉に椎名は目を見開いた。

「その話を知っていたとは驚きです。でも、その話はちょっとだけ、いや大きく事実と異なるのです」

もったいぶった口調で椎名は言った。

「いったいどこが事実と違うのですか」

詰め寄るように亜澄は訊いた。

元哉も興味津々だった。

「一九八六年、アンドレイ・マコフスキーに、倫人の父親である三浦倫安の演奏の問題点を告げたのは里見先生だったんです。マコフスキーはそれから倫安の演奏に注意を向けるようになって、どんどん気に入らなくなっていったんです」

悲しげに椎名は眉根を寄せた。

「そうなんですか」

亜澄は驚きの声を上げた。

「それは里見さんが倫安さんに嫉妬していたとか、追い落とそうとしていたと言うことなんですか」

つい元哉も訊いてしまった。

椎名は激しく首を横に振った。

「里見先生は、三浦倫安よりずっと優位に立っていました。マコフスキーにもいちばん評価されていたのですから、嫉妬なんてことはあり得ません。チェコ響のことを真剣に考えての発言だったはずです。ところが、結果としては最悪の事態を招いてしまった。

失意のどん底で倫安は死にました」

暗い顔で椎名は言った。

「病死と聞いていますが」

亜澄の言葉に、椎名は静かに首を横に振った。

「いいえ、本当は睡眠薬を大量に飲んだんです」

椎名はわずかの間、両目をつぶった。

「つまり自死だった……」

亜澄の声は震えた。

元哉はそんなこともあったのではないかと思っていた。

「ええ、それからは三浦倫人とその母親は大変な苦労をしたわけです。壬生のじいさんのせいで、倫人はその不幸はすべて里見先生によってもたらされたと思い込んでしまったんです」

つらそうに椎名は目を伏せた。

「だから里見先生に復讐したかったのですね」

低くうなる亜澄の声が聞こえた。

元哉には里見と三浦父子の関係がすべて腑に落ちた。

里見の三浦倫人に対する長年の援助は、結果として彼の父親を死に追いやったことを苦にしての贖罪だったのだ。やはり美談とは言えなかったのだ。

「倫人は真実を知って里見先生を憎むようになりました。壬生のじいさんからこの話を聞いたときには僕もそばにいました。だから、倫人は僕にも里見への憎しみを語るようになったのです。彼がダークサイドに落ちてゆくようすを空恐ろしい思いで見ていました。ダークサイドに落ちた倫人は、これからもどんなかたちで里見先生に仇なすかわかりません。倫人をこの世から葬り去らなければ、里見先生の栄誉は守れないのです。この前も言いましたが、里見先生は日本の誇りなのです」

ずいぶんと自分を取り戻したのか、椎名の声には張りが出てきた。

「でも、どうして僕のしわざだとわかったんですか？」

椎名は亜澄の目を覗き込むようにして訊いた。

「あなたがあのコンサートに限って、本番前に調律を確認していなかったことが気になったんです」

亜澄は平板な調子で答えた。

「そこだったんですか」

椎名は口をぽかんと開けた。

「ええ、相木さんから詳しく聞きましたが、あなたは自分が演奏するときは朝一番に調律の具合を確かめに来て、気に入らないと調律師さんを呼ぶこともあるそうですね」

亜澄の言葉に椎名は深くうなずいた。

「ゲネプロの前には必ず調律はします。でも、ピアノの調律は狂いやすいのです。ふつうの人には気づかないレベルでも僕には気になる。とくに鎌倉海濱芸術ホールは海沿いなので、あっという間に微妙にズレていることが多いんです。それはほんのわずかなピッチなのですが……」

気難しげに椎名は言った。

「でも、あのコンサートの前にあなたは調律の確認をしていなかった。三浦さんが亡くなればあのコンサートは中止になる。あなたは七月二三日に鎌倉海濱芸術ホールのピアノを弾くことがないと知っていたのです」

「仰せの通りです。あの日に限っては調律を気にする必要はなかったのです」

椎名は大きくうなずいた。

「椎名さん、あなたはどうやって犯行を実行したのですか。わたしには予想できていますが、あなたの口から話してください」

亜澄の言葉に椎名は殊勝な顔で口を開いた。

「僕は本当は前の晩、ゲネプロが終わってクルマで自宅に帰る途中、調律のことがなんだか気になってホールに戻ったんです。ただ、駐車場は閉鎖されている時間ですから、裏道に駐めました。アラームは相木さんに電話して遠隔操作で解除してもらおうと思っていました。で、下手の非常口まで来ると、ドアの隙間などから光が漏れている。耳を澄ますと人の足音さえ聞こえるじゃないですか。実はこれは相木さんと僕の秘密ですが、あのドアのスペアキーを僕は一本持っていたんです。そこでドアを解錠すると、ステージで誰かが動いている音がする。僕はそっと上手側に連絡通路で移りステージを見た。そしたら事務局の石川が妙な動きをしていたのです。CLを下ろしてなにか重そうな物を取りつけていたんです。その位置は、なんと指揮台の真上だったのです。僕は彼がなにをしているかがわかりました。理由はわかりませんが、彼は里見先生を殺そうとしていたのです。飛びかかっていってでも阻止しなくてはならないと思いましたが、そこで悪魔が囁いたのです。この石川の行為を利用すれば僕に疑いは掛からずに三浦を殺せると。僕は事務室の近くのトイレに身を潜めて石川がアラームをセットして退出するのを待ちました。彼が退出するとすぐにアラームを手動解除して、舞台に行って彼の仕込んだ凶器を里見先生の頭上から三浦の頭上に移しました。すべての行動を終えたあと、僕は手動でアラームをセットして下手の非常口に走りました。五分以内に建物から出ないとアラームが発報しますからね。退出して非常口を施錠してそのまま自宅に帰ったというわけです。翌日、なにも知らぬ石川はリモコンのスイッチを押しました。結果は僕の予想通りになったのです」

淡々と説明する椎名の表情は変わらなかった。

この男は天才なのかもしれないが、どこか感情の深いところに欠落がある。元哉はそう思えて仕方がなかった。

「わたしの予想通りでした。いまの話をもう一度警察で供述してください」

亜澄は念を押した。

「いまさらジタバタしません。小笠原さん、僕はあなたの叡智《えいち》に負けたんです」

椎名はかすかに笑った。

亜澄は鎌倉署に電話してパトカーを手配した。

パトカーを待つ間、元哉はトイレに用足しに行った。

トイレから出ると、廊下でなぜか彩音が待っていた。

「あの男、どんな理由で倫人さんを手にかけたと言っていましたか」

頬を引き攣らせて彩音は訊いた。

「里見先生を守るためだと、先生の栄誉栄光を守るためだとそう言っていました」

これくらいは部外者に答えても差し支えないだろう。

「冗談でしょ」

彩音は空虚な声で笑った。

「いや、本当です」

元哉の言葉に彩音は眉間にしわを寄せて首を横に振った。

「そんなの大嘘ですよ。近衛秀麿賞候補になっているからです。あの賞を取れば、椎名は日本の音楽界で飛躍的に地位が向上します。だから、倫人さんを殺したんです。わたくし、今日のことですべてがわかりました。事件の真相も、椎名慶一というろくでなしのことも」

彩音は顔を大きくしかめた。

「意味がよくわかりません」

ぼんやりと元哉は言った。

「近衛秀麿賞は過去の受賞者が選考委員となるルールです。父は現在選考委員長です。だから、椎名の受賞はほぼ確実視されています。ここで難聴というスキャンダルが世にひろがれば、父は選考委員長を辞任せざるを得ません。だから、倫人さんに生きていられては困るのです。わたくしもあんな人間だとは思っていませんでした。見下げ果てた男」

彩音は吐き捨てるように言った。

なんと返事していいかわからず、元哉は黙って頭を下げた。

「倫人さんの仇を取って下さってありがとうございます。では、失礼します」

深々と頭を下げると、彩音はヒールの音を響かせて去って行った。

パトカーは通用口に着いていた。

元哉と亜澄が両腕を取って、椎名を後部座席に乗せた。
パトカーの近くには里見父娘だけが立っていた。
ほかの者たちは遠慮したのか、姿が見えない。
ふたりの表情はきわめて対照的だった。
彩音は汚いものを見るかのような目で椎名を見ていた。
里見の目からは涙があふれ出ていた。
彩音は真実の椎名を見ている。
里見は椎名の罪に自分の罪を重ね合わせている。
元哉は勝手にそう解釈した。
亜澄は静かに目を伏せていた。
人々のさまざまな思いを残してパトカーは国道一三四号に出た。
由比ヶ浜の水平線をあまりにも豊かな入道雲が埋め尽くしていた。
盛夏を迎えた浜辺ではしゃぐ人々の歓声が後方に流れていった。

エピローグ

目の前には橙色に染まり始めた由比ヶ浜がひろがっている。

とは言っても、鎌倉海濱芸術ホールの前とは違う方向に海が見えている。

あちらは南向き、ここは東向きだ。

元哉がいるのは、鎌倉海浜公園坂ノ下地区という公園だ。

由比ガ浜地区と比べるとずっと狭く、芝生とベンチくらいしかない。

ほかに四組くらいのカップルがいるだけでわりあいと静かでもある。

だが、カップルたちは声を張り上げる亜澄を危険物を見るような目で見ている。

「なんで、おまえとこんなとこで飲まなきゃいけないんだよ」

元哉としてはいい加減に帰りたくなっていた。

「ここって夕陽に染まる海がきれいじゃん。陽が沈むまでここにいようよ」

駄々っ子のように亜澄は言った。

「だけど、ここ東向きだぜ。夕陽は背中に沈むだろ」

「夕陽を見るんじゃないよ、海を見るんだよ」

すでにろれつが怪しく、言っていることも変だ。

あの事件の関係で鎌倉海濱芸術ホールに立ち寄ったら、亜澄に捕まってしまった。

午後六時くらいなのに帰るという。

元哉も今日は帰宅していい状況だったので、つい誘いに乗って海水浴場の海の家でスパゲティなどを食べてビールを飲んだ。

元哉は中ジョッキ二杯だったが、亜澄はいくつも空けてすっかり酔っ払った。

酔っ払った勢いの亜澄に引っ張られ、国道一三四号を歩いてここまできてしまった。

亜澄は途中のコンビニでストロングなんとかという酒を何本も買ってデイパックに入れてきた。

当然のように次々に缶を空けてゆく。

「キミはあの美人お嬢さまに振り向いてもらいたかったんでしょ」

のどの奥で、亜澄は奇妙な笑い声を立てた。

「彩音さんか……」

「タイプでしょ？」

「性格がなぁ」

元哉は言葉を呑み込んだ。

あのときトイレの前で話した彩音は、どこかひやりとする怖さを持っていた。

「ちょっと冷たくてきついかもね」

亜澄も同じようなことを考えていたようである。

「まぁな」

「キミが彼氏になったら、永遠に尻に敷かれるというか牢獄入りだろうね。だけど男の人生、それもよし」

勝手なことをくだくだ言っている亜澄は本当にめんどくさい。

「妙にからむな」

「からんでなんかいないよ」

亜澄はほっと酒気を吐いた。

「まぁ小笠原に比べたら三〇〇倍は性格いいけど」

これはほぼ本音だった。

「あたしは最高にいい女じゃん」

しれっと亜澄は答えた。

「自覚がないのはこわいわな」

これはそのまま本音だった。

「だけどさぁ、いいオトコっていないもんだね」

亜澄はいきなり大声で叫んだ。

「椎名に目尻下げてたじゃないか」

「あたしがあの人を引っ張ったときの気持ちわかる？」

「さぁな、関心ないよ」

「きれいなプティデコクッキーを自分の掌で潰さなきゃなんないって感じだったよ」

なにを言っているのか理解できないが、理解する気もない。

「へぇ、そうか」

「あーあ、どうしていいオトコっていないのかなぁ」

とうとう亜澄はベンチの上で寝てしまった。

寝息が響いてくる。

持て余した元哉は亜澄をその場に残して江ノ電の長谷駅に向かおうと思った。

たしか六〇〇メートルほどの距離だ。

酔いが覚めれば起きて一人で帰るだろう。

別に危険な場所でもない。

亜澄をベンチに残して道路へ向かうと背後から声が掛かった。

「もしもし、お連れさんでしょ」

ふりかえると、「防犯鎌倉」と白抜きされた黒Tシャツを着た老人がふたり立っている。

「え、まぁその……」

元哉は口ごもった。

「大切な彼女をこんなとこに放り出してゆくなんて男の風上にもおけないぞ」

もうひとりの老人が居丈高に言った。

元哉はムッとしたが、こんなところでトラブルを起こすわけにはいかない。

「いや、ちょっとトイレに行こうと思って。どこにありますかね」

「トイレはあのコンビニにあるよ。最初から確かめときなさいよ」

最初に声を掛けてきた老人が、さっき酒を買ったコンビニを指さした。

「ありがとうございます」

「ま、おまわりさんに迷惑掛けないように気をつけなさい」

老人たちは長谷駅の方向に去って行った。

元哉はグッと怒りをこらえた。

「おい、起きろよ」

元哉は亜澄の肩に手を掛けて何度も揺すった。

「やだぁ、あたしここで寝てる」

「そんなこと言ってないで帰るぞ」

「じゃ、おんぶ」

甘ったれた声で亜澄は言った。

冗談ではない。

元哉は、亜澄などと二度と飲むかと思っていた。

水平線上の夕空はいつの間にか紺色に沈んできた。

対岸の街の灯火が、白やオレンジに光り始めた。

逗子葉山に連なる低い山並みの上空には、もうすぐ夏の大三角形が輝き出すだろう。

本作品は「文春文庫」のために書き下ろされたものです。
なお本作品はフィクションであり、作中に登場する人名や団体名は、
実在のものと一切関係がありません。

DTP 制作　エヴリ・シンク

文春文庫

鎌倉署《かまくらしよ》・小笠原亜澄《おがさわらあすみ》の事件簿《じけんぼ》
由比ヶ浜《ゆいがはま》協奏曲《きようそうきよく》

定価はカバーに表示してあります

2023年5月10日　第1刷

著　者　鳴神《なるかみ》響一《きよういち》

発行者　大沼貴之
発行所　株式会社　文藝春秋

東京都千代田区紀尾井町3-23　〒102-8008
TEL　03・3265・1211(代)
文藝春秋ホームページ　http://www.bunshun.co.jp

落丁、乱丁本は、お手数ですが小社製作部宛お送り下さい。送料小社負担でお取替致します。

印刷製本・凸版印刷
Printed in Japan
ISBN978-4-16-792042-5

（　）内は解説者。品切の節はご容赦下さい。

バベル
福田和代
ある日突然、悠希の恋人が高熱で意識不明となってしまう。感染爆発が始まった原因不明の新型ウイルスに、人間が立ち向かう術はあるのか？　近未来の日本を襲うバイオクライシスノベル。
ふ-45-1

ふたご
藤崎彩織
彼はわたしの人生の破壊者であり、創造者だった。異彩の少年に導かれた孤独な少女。その苦悩の先に見つけた確かな光とは。第158回直木賞候補となった、鮮烈なデビュー小説。（宮下奈都）
ふ-46-1

武士道セブンティーン
誉田哲也
スポーツと剣道、暴力と剣道の狭間で揺れる17歳、柔の早苗と剛の香織。横浜と福岡に分かれた二人は、別々に武士道とは何かを追い求めてゆく。「武士道」シリーズ第二巻。（藤田香織）
ほ-15-3

増山超能力師事務所
誉田哲也
超能力が事業認定された日本で、能力も見た目も凸凹な所員たちが、浮気調査や人探しなど悩み解決に奔走。異端の苦悩や葛藤を時にコミカルに時にビターに描く連作短編集。（城戸朱理）
ほ-15-7

増山超能力師大戦争
誉田哲也
超能力関連の先進技術開発者が行方不明となり、妻から調査を依頼された事務所の面々。だが、やがて所員や増山の家族にも危険が及び始めて——。人気シリーズ第二弾。（小橋めぐみ）
ほ-15-9

崩壊の森
本城雅人
日本人記者・土井垣侑が降り立ったソ連は「特ダネ禁止」の場所だった。謎の美女、尾行、スパイ。ソ連崩壊を巡る情報戦を圧倒的リアルさで描くインテリジェンス小説の傑作！（佐藤　優）
ほ-18-5

プリンセス・トヨトミ
万城目　学
東京から来た会計検査院調査官三人と大阪下町育ちの少年少女が、四百年にわたる歴史の封印を解く時、大阪が全停止する!?　万城目ワールド真骨頂。大阪を巡るエッセイも巻末収録。
ま-24-2

（　）内は解説者。品切の節はご容赦下さい。

真山　仁
コラプティオ
震災後の日本に現れたカリスマ総理・宮藤は、原発輸出を推し進めるが、徐々に独裁色を強める政権の闇を暴こうとするメディアとの暗闘が始まる。謀略渦巻く超本格政治ドラマ。（永江　朗）
ま-33-1

真山　仁
売国
日本が誇る宇宙開発技術をアメリカに売り渡す「売国奴」は誰だ!?　検察官・冨永真一と若き研究者・八反田遙。そして「戦後の闇」が二人に迫る。超弩級エンタメ。（関口苑生）
ま-33-2

真山　仁
標的
東京地検特捜部・冨永真一検事は、初の女性総理候補・越村みやび厚労相の、サービス付き高齢者向け住宅をめぐる疑獄を追う。「権力と正義」シリーズ第3弾！（鎌田　靖）
ま-33-3

又吉直樹
火花
売れない芸人の徳永は、先輩芸人の神谷を師として仰ぐようになる。二人の出会いの果てに、見える景色は。第一五三回芥川賞受賞作。受賞記念エッセイ「芥川龍之介への手紙」を併録。
ま-38-1

円居　挽
キングレオの冒険
京都の街で相次ぐ殺人事件。なぜか全てホームズ譚を模していた。「日本探偵公社」の若きスター・天親獅子丸が解明に乗り出すと、謎の天才犯罪者の存在が浮かび……。（円堂都司昭）
ま-41-1

円居　挽
キングレオの回想
獅子丸は、天才的頭脳の少年・論語から、ある女性の正体を知りたいと依頼を受ける。一方、助手の大河には、さる高貴な男性の醜聞が持ち込まれ……。巻末に描き下ろし漫画を収録。
ま-41-2

円居　挽
キングレオの帰還
行方不明だった獅子丸が京都に帰ってきた！　しかし、大河の私生活に起きた大きな変化に激しく動揺する。さらに、久しぶりに入った自身のオフィスには、驚愕の事態が待っていた。
ま-41-3

（　）内は解説者。品切の節はご容赦下さい。

宮尾登美子
鬼龍院花子の生涯
大正四年、鬼龍院政五郎は故郷・土佐に男稼業の看板を掲げる。〝男〟を売る社会のしがらみと、彼を取巻く女たちの愛憎入り乱れる人生模様を独自の艶冶の筆にのせた長篇。（青山光二）
み-2-13

水野敬也
雨の日も、晴れ男
二人の幼い神のいたずらで不幸な出来事が次々起こるアレックスだが、どんな不幸に見舞われても前向きに生きていく……人生で一番大切な事は何かを教えてくれる感動の自己啓発小説。
み-35-1

三浦しをん
まほろ駅前多田便利軒
東京郊外〝まほろ市〟で便利屋を営む多田のもとに、高校時代の同級生・行天が転がりこんだ。通常の依頼のはずが彼らにかかると、ややこしい事態が出来《しゅったい》して。直木賞受賞作。（鴻巣友季子）
み-36-1

三浦しをん
まほろ駅前番外地
東京郊外のまほろ市で便利屋を営む多田と行天。汚部屋清掃、遺品整理に子守も多田便利軒が承ります。まほろの愉快な奴らが帰ってきた！　七編のスピンアウトストーリー。（池田真紀子）
み-36-2

三浦しをん
まほろ駅前狂騒曲
多田と行天に新たな依頼が。それは夏の間、四歳の女児「はる」を預かること。男手二つで悪戦苦闘していると、まほろ駅前では前代未聞の大騒動が。感動の大団円！（岸本佐知子）
み-36-4

道尾秀介
月と蟹
二人の少年と母のない少女、寄る辺ない大人達。誰もが秘密を抱えるなか、子供達の始めた願い事遊びはやがて切実な儀式に変わり——哀しい祈りが胸に迫る直木賞受賞作。（伊集院　静）
み-38-2

道尾秀介
スタフ　staph
ワゴンの移動デリを経営するアラサーでバツイチの夏都。あることをきっかけに、中学生アイドル・カグヤとその親衛隊に出会い、芸能界の闇を巡る事件に巻き込まれていく。（間室道子）
み-38-4

（　）内は解説者。品切の節はご容赦下さい。

宮下奈都
田舎の紳士服店のモデルの妻
ゆるやかに変わってゆく。私も家族も——田舎行きに戸惑い、夫とすれ違い、子育てに迷い、恋に胸を騒がせる。じんわりと胸にしみてゆく、愛おしい「普通の私」の物語。（辻村深月）
み-43-1

宮下奈都
羊と鋼の森
ピアノの調律に魅せられた一人の青年が、調律師として、人として成長する姿を温かく静謐な筆致で綴った長編小説。伝説の三冠を達成した本屋大賞受賞作、待望の文庫化。（佐藤多佳子）
み-43-2

宮下奈都
静かな雨
行助はたいやき屋を営むこよみと出会い、親しくなる。こよみは事故に巻き込まれ、新しい記憶を留めておけなくなり——。文學界新人賞佳作のデビュー作に「日をつなぐ」併録。（辻原　登）
み-43-3

湊　かなえ
望郷
島に生まれ育った私たちが抱える故郷への愛、憎しみ、そして憧憬……屈折した心が生む六つの事件。日本推理作家協会賞・短編部門を受賞した「海の星」ほか全六編を収める短編集。（光原百合）
み-44-2

水生大海《みずきひろみ》
ひよっこ社労士のヒナコ
ひよっこ社労士の雛子（26歳、恋人なし）が、クライアントの会社で起きる六つの事件に挑む。労務問題とミステリを融合させた新感覚お仕事小説、人気シリーズ第一弾。（吉田伸子）
み-51-2

新井素子・宮内悠介　ほか・人工知能学会　編
人工知能の見る夢は
ＡＩショートショート集
日本を代表するＳＦ作家たちのショートショートをテーマ別に編集し、各テーマについて第一線の研究者たちがわかりやすい解説を執筆。人工知能の現在と未来がわかる一冊。
み-55-51

村山由佳
星々の舟
禁断の恋に悩む兄妹、他人の恋人ばかり好きになる末っ子、居場所を探す団塊世代の長兄、そして父は戦争の傷痕を抱えて——愛とは、家族とはなにか。心震える感動の直木賞受賞作。
む-13-1

（　）内は解説者。品切の節はご容赦下さい。

女ともだち
村山由佳・坂井希久子・千早　茜・大崎　梢
額賀　澪・阿川佐和子・嶋津　輝・森　絵都

人気女性作家8人が「女ともだち」をテーマに豪華競作！「彼女」は敵か味方か？微妙であやうい女性同士の関係を小説の名手たちが描き出す、コワくて切なくて愛しい短編小説集。

む-13-51

コンビニ人間
村田沙耶香

コンビニバイト歴十八年の古倉恵子。夢の中でもレジを打ち、誰よりも大きくお客様に声をかける。ある日、婚活目的の男性がやってきて――話題沸騰の芥川賞受賞作。（中村文則）

む-16-1

カラフル
森　絵都

生前の罪により僕の魂は輪廻サイクルから外されたが、天使業界の抽選に当たり再挑戦のチャンスを得る。それは自殺を図った少年の体へのホームステイから始まって……。（阿川佐和子）

も-20-1

風に舞いあがるビニールシート
森　絵都

自分だけの価値観を守り、お金よりも大切な何かのために懸命に生きる人々を描いた、著者ならではの短編小説集。あたたかくて力強い6篇を収める。第一三五回直木賞受賞作。（藤田香織）

も-20-3

満月珈琲店の星詠み
望月麻衣　画・桜田千尋

満月の夜にだけ開店する不思議な珈琲店。そこでは猫のマスターと店員たちが、極上のスイーツと香り高い珈琲、そして運命を占う「星詠み」で、日常に疲れた人たちを優しくもてなす。

も-29-21

満月珈琲店の星詠み～本当の願いごと～
望月麻衣　画・桜田千尋

家族、結婚、仕事…悩める人々の前に現れる満月珈琲店。三毛猫のマスターと星遣いの店員は極上のメニューと占星術で迷える人を導く。美しいイラストに着想を得た書き下ろし第2弾。

も-29-22

熱帯
森見登美彦

どうしても「読み終えられない本」がある。結末を求めて悶えるメンバーは東奔西走。世紀の謎はついに……。全国の10代が熱狂、第6回高校生直木賞を射止めた冠絶孤高の傑作。

も-33-1

（　）内は解説者。品切の節はご容赦下さい。

山崎豊子
大地の子（全四冊）
日本人戦争孤児で、中国人の教師に養育された陸一心。肉親の情と中国への思いの間で揺れる青年の苦難の旅路を、戦争や文化大革命などの歴史を背景に壮大に描く大河小説。（清原康正）
や-22-1

山崎豊子
運命の人（全四冊）
沖縄返還の裏に日米の密約が！　戦後政治の闇に挑んだ新聞記者の愛と挫折、権力との闘いから沖縄で再生するまでのドラマを徹底取材で描き出す感動巨篇。毎日出版文化賞特別賞受賞。
や-22-6

山本文緒
プラナリア
乳がんの手術以来、何もかも面倒くさい二十五歳の春香。矛盾する自分に疲れ果てるが出口は見えない――。現代の〝無職〟をめぐる心模様を描いたベストセラー短篇集。直木賞受賞作。
や-35-1

山口恵以子
トコとミコ
伯爵令嬢の燈子と使用人の娘・美桜子。戦後、ふたりの立場は逆転するが……。時に慈しみ、時に憎み、裏切ったことさえも。九十年の月日をともに生きたふたりのヒロインの大河ロマン！
や-53-4

山口恵以子
ゆうれい居酒屋
新小岩駅近くの商店街の路地裏にある居酒屋・米屋。定番のお酒と女将の手料理で、悩み事を抱えたお客さんの心もいつしか軽くなって……。でも、この店には大きな秘密があったのです！
や-53-5

柳　広司
ロマンス
退廃と享楽に彩られた昭和の華族社会で、秘かに葬られた恋と事件――。ロシア人の血を引く白皙の子爵・麻倉清彬の悲恋譚と、極上の謎解きゲームを融合させた傑作。（宇田川拓也）
や-54-1

柳　広司
象は忘れない
原発事故で失われた命。電力会社と政府の欺瞞。福島から避難した母子が受けた差別……。あの震災、そして福島第一原発を題材に紡がれた傑作連作短編集。（千街晶之）
や-54-5